Zum 18. Hochzeitstag

Für meine Enkelkinder Sophie, Tim, Marie und meinem langjährigen Freund Dr. Alois Baier

Man lernt das Matrosenleben nicht durch Übungen in einer Pfütze
Franz Kafka

Die beste Art, die eigene Zukunft vorauszusagen, ist, sie zu erschaffen
Stephen Covey

Mona Misko

Zum 18. Hochzeitstag

Kurzgeschichten verschiedener Genres vom Krimi bis zur Erotik

Impressum

Bibliografische Information der Deutschen Nationalbibliothek:
Die Deutsche Nationalbibliothek verzeichnet diese Publikation
in der Deutschen Nationalbibliografie; detaillierte bibliografische Daten sind im Internet über http://dnb.dnb.de abrufbar.

Herstellung und Verlag: BoD – Books on Demand, Norderstedt

ISBN: 978-3-7481-6895-9

Inhaltsverzeichnis

1. Zum 18. Hochzeitstag

Er stand am Fenster und sah hinaus. Wegen einer Spritzen-Phobie schluckte er Tabletten gegen den Diabetes, pünktlich um achtzehn Uhr. Ich lehnte abseits an der Wand und betrachtete ihn: Wie er dastand, sein Gehabe, sein durchgedrücktes Kreuz, als wolle er zu einem Angriff aufbrechen.

Er hatte, wie ich an seiner Reaktion deutlich vernommen habe, keine Lust, nach langer Zeit mit mir übers Wochenende ins Allgäu in unser Feriendomizil zu fahren. Es war ein altes umgebautes Bauernhaus, abseits gelegen inmitten großflächiger Wiesen. Aber meinen Wunsch zum achtzehnten Hochzeitstag mochte er mir dann doch nicht abschlagen.

Nachdem er seine Tabletten eingenommen hatte, schritt er mit ausdruckslosem Gesicht an mir vorbei, schaltete den Fernseher an und ließ sich schnaufend aufs Sofa nieder.

Meine Gedanken wanderten zurück in die vergangenen Wochen. Endlich war ich wieder gesund, trotzdem schauspielerte ich, gab vor, weiterhin leidend zu sein. Schlurfend schleppte ich mich in die Küche. Diabetiker brauchten feste Essenszeiten. Mein Mann achtete wenig darauf. Er nahm die vorgegebene häusliche Selbstkontrolle nicht immer sorgsam wahr. Das hatte ihn schon einmal gefährlich in eine Unterzuckerung gestürzt. Aber als fürsorgliche Ehefrau eines Diabetikers war ich für den Fall eines hypoglykämischen Schocks mit der Notfallbehandlung vertraut.

Lange hatte ich überlegt, geplant, verworfen, erneut geplant. Heute begab ich mich ans Werk. Auf dem Holzbrettchen zerdrückte ich die zehnfache Dosis seiner Tabletten und mischte sie in den Kartoffelbrei, den ich stilvoll rundherum mit Erbsen und Möhren auf dem Teller dekorierte.

Punkt sieben saßen wir am Tisch. Schweigend leerte er die Mahlzeit, schenkte sich abschließend aus der letzten vorhandenen Flasche ein Glas Rotwein ein und fiel aufs Sofa, um wieder fernzusehen. Vorher hatte er mich mürrisch auf unsere geschrumpften Vorräte hingewiesen.

Mir blieb noch Zeit. Mein Auftritt stand in circa zwei Stunden an, wenn er die ersten Symptome bemerkte. Gemächlich räumte ich die Küche auf, dabei ließ ich den Zucker, sein Traubenzuckerdepot, die restlichen Plätzchen sowie das fertige Notfallspritzbesteck im Putzeimer unter dem Wischlappen verschwinden. Den Dosenöffner warf ich vorsichtshalber dazu. Der abgestandene Orangensaft landete im Ausguss. Träge schlich ich durch die Räume, klappte die Fensterläden zu und verschloss leise die Haustür. Der Schlüssel fand seinen Platz bei unseren ausgeschalteten Mobiltelefonen in der untersten Schublade des Küchenschrankes hinter den Putzlappen. Sicherheitshalber, denn an sich hatten wir hier draußen keinen Empfang.

Gegen einundzwanzig Uhr erhob er sich vom Sofa, lief eine Weile herum und fing an zu zittern.

„Ich brauch was Süßes", forderte er und sah mich an. Ich reagierte nicht. Er eilte in die Küche und riss die Schränke auf.

„Wo ist der Zucker, und hier war'n doch noch Plätzchen!", rief er mit schriller Stimme. „Und die Spritze war doch auch immer hier! Verdammt, mir geht's mies."

Er kam zurück ins Wohnzimmer.

„Wir hätten doch heute noch Einkaufen fahren sollen!" Gehetzt sah er mich an. „Maria, wo hast du …" Er stutze. „Was ist mit dir?"

„Komm, Günter, setz dich zu mir. Ich habe dir etwas zu sagen", antwortete ich stattdessen.

Er schüttelte heftig den Kopf.

„Nein, es wird schlimmer! Ich brauche dringend meine Spritze! Und sag mir um Himmels willen endlich, wo der ganze Zuckerkram geblieben ist!"

„Du wirst nichts finden. Setz dich!"

Irritiert starrte er mich an. Nach einigem Zögern ließ er sich ohne Frage nieder. Schweißperlen traten ihm auf die Stirn, das Zittern verstärkte sich.

„Was - was hast du mir zu sagen?" Er sprang auf. „Nun rede schon."

Ich lächelte beschwichtigend.

„Seit August bist du sehr fürsorglich gewesen, Günter", begann ich und zog ihn zurück aufs Sofa. „Hast streng darauf geachtet, dass ich stets zum Frühstück meinen Joghurt esse."

Seine flackernden Augen glitten über mein Gesicht.

„War lieb von dir", fügte ich kaum hörbar hinzu.

In diesem Moment bibberten seine Lippen heftiger als sein Körper. Er öffnete den Mund, um etwas zu sagen. Abwehrend hob ich die Hand und fuhr fort.

„Und, mein lieber Günter, ich kenne auch den Grund, warum du dich plötzlich täglich in unserer Firma zeigst, die dich bisher nie interessiert hat. Von den Einnahmen hast du hervorragend gelebt, während ich als Chefin die Probleme lösen und die Fäden in der Hand halten musste."

Erneut schnellte er vom Sofa hoch, stand schwankend vor mir.

„Was soll das jetzt", klagte er. Unsinnigerweise griff er in die Sakkotasche, das über der Stuhllehne hing und in dem er sein Mobiltelefon vermutete. Nachdem er es selbst in den anderen Taschen nicht fand, traf mich sein entsetzter Blick. „Was hast du vor? Willst du mich umbringen?"

Um Haaresbreite hätte ich ja gesagt.

Er taumelte. Fast wäre ich aufgesprungen, um ihn zu stützen, besann mich aber. Stattdessen sagte ich kalt.

„Der Grund deines Eifers ist so Mitte zwanzig, schlank - langbeinig - blond." Ich lachte abfällig. „Der zweite Frühling, was? Ein neues Leben. Und mit einem Mal war dir auch die Firma wieder lieb und teuer."

Schlotternd sackte er auf die Knie, flehte: „Maria – bitte – die Spritze."

Ich sah ihn frostig an. „Aber weißt du, eine neue Liebe wäre ja noch zu verstehen gewesen, aber eines nicht: dass du seit drei Monaten versuchst, mich langsam zu vergiften."

Für Sekunden schaute er überrascht und verdattert zugleich.

„Ich glaub's nicht", murmelte er, „wie ...?"

Er schloss die Augen, drohte vornüber zu kippen, griff nach der Stuhllehne. Jäh schüttelte ihn ein heftiger Krampf. Ohne Mitleid fuhr ich fort.

„Eines Tages kam ich mal wieder früher heim, weil ich mich vor Übelkeit nicht mehr auf den Beinen halten konnte. Ich habe mich verzweifelt gefragt, wie es sein konnte, dass ich, sonst immer gesund und fit, plötzlich von Erbrechen und Darmkoliken geplagt wurde, unter Kreislaufschwäche litt und mich manchmal kaum noch bewegen konnte. An diesem Tag habe ich dich durch das Fenster am Eibenstrauch im Garten gesehen. Ich meinte noch bemerkt zu haben, wie dein Arm aus den Zweigen zurückschnellte. Es traf mich wie der Blitz. Ich kombinierte und schlagartig wusste ich Bescheid: das Gift der Eibe, fein untergemischt in meinen Fruchtjoghurt mit Walnussstückchen, den ich jeden Morgen zu essen pflegte."

Er fuhr sich aufgeregt durchs Haar.

„Maria ...", stammelte er. Richtete sich wieder auf, wischte sich mit dem Hemdsärmel über die Stirn und verdrehte die Augen. Wie in Trance sank er zurück auf die Knie und faltete die Hände, als wolle er mich anbeten. Seine Augen schimmerten feucht.

„Maria. Bitte, ich - brauch jetzt - dringend - meine Spritze."

Ich schüttelte den Kopf.

Mühsam richtete er sich auf, wankte in die Diele, rüttelte verzweifelt an der Wohnungstür.

„Hilfe! Hilfe!", hörte ich ihn röcheln. Doch er wusste so gut wie ich, dass ihn niemand hören würde. Ich folgte ihm. Er warf mir panische Blicke zu. Ich führte ihn zurück zum Sofa. Er hatte erheblich abgebaut. Die Wanduhr schlug zweiundzwanzig Uhr.

„Ich bin noch nicht fertig, Günter", sagte ich. Mit eingefallenem Gesicht saß er neben mir. „Von da ab täuschte ich dir vor, den Joghurt zu essen, stattdessen habe ich ihn im Mund gesammelt. Sobald du unaufmerksam warst, nicht mehr genau hingesehen hast, landete das Zeug geräuschlos in meinen Schoß. Warst du fort, ging alles in den Abfall."

Er sah mich an, ehe er mit verzerrtem Lächeln hauchte. „Du warst schon immer die Raffiniertere von uns beiden, Maria". Minuten später glitt er ab ins Koma und starb.

Eine Weile blieb ich neben ihm sitzen, hin- und hergerissen zwischen wenig Trauer und einer Menge Wut. Nach achtzehn Jahren Ehe hatte er es darauf angelegt, mich vorsätzlich und kaltblütig wegen eines Liebchens zu ermorden.

Alles, was ich versteckt hatte, kam wieder an den ursprünglichen Platz. Morgen früh würde ich aufgelöst den Arzt rufen, mich schrecklich entsetzt geben und mir in seiner Anwesenheit schwere Vorwürfe machen. Warum nur war ich schon so rechtzeitig zu Bett gegangen? Hatte nicht mit meinem Mann zusammen ferngesehen, würde ich mich schelten, dann hätte ich ihn am Einschlafen gehindert und rechtzeitig bemerkt, dass sein Zuckerspiegel gefährlich nach unten gesackt ist.

Ja, so würde ich es schildern.

2. Ein sehr guter Bekannter

Auf der Beerdigung sehe ich Antony Eulger zum ersten Mal. Er ist eine auffällige Erscheinung. Mitte fünfzig, leicht angegraute Schläfen, scharf geschnittene Gesichtszüge. Er hat das gewisse Etwas, keine Frage. Passend zum milchig trüben Septembertag trägt er einen lässig geöffneten Burberry über seinem schwarzen Anzug aus feinem Tuch. Ich stehe neben ihm vor dem offenen Grab und schaue auf den Sarg, in dem meine Mutter liegt, die mit achtundvierzig Jahren gestorben ist.

Ich schiele zu ihm hinüber. Auf der Nase eine Brille, wie man sie auf dem Flohmarkt findet. Sein Gesicht zeigt keine Regung, derweil er mit der kleinen Schaufel lockere Erde in die Gruft wirft. Wütend stelle ich fest: ein kalter Abschied, nicht die geringste Spur von Trauer. Du feiner Herr in deinem Burberry. Er wirft mir einen raschen Blick zu. Als hätte er meine Gedanken erraten, dreht er sich abrupt ab und eilt zum Friedhofsausgang. Ich haste ihm nach. Er steht vor einem schwarzen Alfa Romeo.

„Sind Sie ein Bekannter der Toten?", frage ich.

Mit einem smarten Lächeln auf den Lippen schaut er mich an.

„Ich bin ein »sehr", betont er, „guter Bekannter."

„Aha."

Schweigend stehen wir uns gegenüber. Er spielt angespannt mit dem Autoschlüssel.

„Die Verstorbene und ich, wir haben einige Monate gemeinsam verbracht", fährt er behutsam fort. „Und Sie?"

„Ich?!"

Oh, verflixt, durchzuckt es mich.

„Ich bin eine entfernte Bekannte, hörte von ihrem tragischen Tod."

„Ja, tragisch", murmelt er. Er richtet seinen Kopf auf, sieht mir direkt in die Augen.

„Ich dachte für einen Moment, Sie wären vielleicht die Tochter. Leider habe ich sie nie kennengelernt."

Ich halte die Luft an, bis mich eine heiße Welle der Erleichterung durchströmt.

„Können Sie mich mitnehmen in die Stadt?", frage ich, obwohl mein Mietwagen nur ein paar Meter entfernt parkt. Er nickt und weist mit der Hand über das Autodach auf die Beifahrertür.

Unter der Fahrt mustere ich aus den Augenwinkeln sein eindrucksvolles Profil. Ich ahne, wie verfallen ihm meine Mutter gewesen sein muss. Das könnte mir ebenfalls passieren, denke ich, obwohl ich dreißig Jahre jünger bin und zudem nicht auf ältere Herren stehe. Jedoch dieser Mann erweckt mehr Interesse in mir als ich glauben möchte.

„Antony Eulger, mein Name", sagt er in meine Gedanken.

„Sandra Schubert."

Ein besserer ist mir auf die Schnelle nicht eingefallen.

„Trinken wir noch einen Kaffee zusammen?", frage ich vorsichtig.

Er räuspert sich. „Gerne."

In dem kleinen Bistro stecke ich mir endlich die heiß ersehnte Zigarette an, woraufhin er aus einem edlen Nappaledertäschchen nach einer Pfeife greift, sie mit ritueller Hingabe stopft und gleichermaßen pafft. Bei jedem Zug senkt er für Sekunden die Lider.

Was für ein Mann, denke ich. Für einen Moment bin ich hingerissen, spüre eine Wirkung auf mich, aber unvermittelt darauf sehe ich den Sarg mit dem Menschen vor mir, der mir am meisten bedeutet hat. Es versetzt mir einen Stich ins Herz. Ich kämpfe gegen die Tränen. Durch eine Rauchwolke lächelt er mir zu. Ich ziehe an meiner Zigarette, bin sicher, dass ich ihm gefalle. Ich weiß, dass ich auf Männer wirke. Meine schwarzen Haare habe ich zu einem dicken, langen Zopf geflochten. Große, tiefbraune Augen beherrschen mein Gesicht. Obwohl ich seit Jahren in Spanien lebe, achte ich darauf, dass die Sonne mich nie zu dunkler bräunt. Ich lächele zurück und fahre mir mit der Zunge über die Lippen. Hebe aufreizend den Kopf, senke kurz die Lider. Ich sicher, was ich will.

Am Abend bin ich in seiner Wohnung. Sehe mich um. Wie vielen Frauen neben meiner Mutter er wahrscheinlich ebenfalls das Bankkonto geplündert hat, überlege ich beim Anblick der kostbaren Antiquitäten, die da herumstehen. Ich unterdrücke die aufkommende Wut.

„Man nennt mich auch Flohmarkt-Antony", erklärt er mir in meine gespielte Bewunderung.

Nach einigen Gläsern Wein versinken wir in dem sattgrünen Sofa mit Sammlerwert. Seine Hände streicheln meinen Rücken, verwirren mich, erkunden drängend meinen Körper, legen sich den Weg frei durch meine Kleidung. Ich vergrabe mich an seiner Brust, spüre die Wärme, die ihr entströmt. Meine Empfindungen für ihn bündeln sich zu einer gewaltigen Explosion. Für den Augenblick vergesse ich alles und ertrinke in den überschlagenden Wellen unserer Körper, die sich spannen und biegen. In meiner steigenden Erregung kommt sie mir in den Sinn. Wie oft ist es ihr in seinen Armen ebenso ergangen? Der Gedanke an sie lenkt mich ab. Ich bin erschrocken über das, was ich tue.

In der Nacht bleibe ich bei ihm, doch schlafe kaum. Er säuselt beim Ein- und Ausatmen. Es stört mich.

„Ich wohne im Astoria", sage ich ihm am nächsten Morgen und wäre nur kurz Zeit in Deutschland.

Tagsüber bin ich damit beschäftigt, den spärlichen Nachlass meiner Mutter zu regeln. In den geruhsamen Zeiten dazwischen kämpfe ich gegen die Gefühle für diesen Mann. Sein Charisma hält mich gefangen.

„Bald muss ich abreisen", eröffne ich ihm eines Abends, „doch ich habe eine Idee, was wir die letzten Tage unternehmen können. Ich kenne ein kleines idyllisches Hotel hoch über dem Gardasee."

„Gardasee", wiederholt er. Sein Gesicht verfinstert sich.

„Gardasee", murmelt er abermals, „da ist es passiert mit ..."

Ich halte den Atem an. „Du meinst, mit Paula?"

Er nickt flüchtig.

„Weißt du, wo?", forsche ich mit belegter Zunge weiter.

Er schüttelt den Kopf. „Irgendein Dorf oberhalb des Gardasees."

Ich atme wieder. „Das soll uns nicht stören", schmeichele ich ihm. „Du bist eingeladen, ich habe Geld genug."

Ein zufriedenes Lächeln huscht über seine Lippen. Sanft tätschelt er mir die Wange.

Am nächsten Tag erreichen wir spät nachmittags Pregasina am Gardasee. Vor dem Hoteleingang verharre ich einen Moment, schiele hinüber zu dem Felsen, von dem sie sich in den See gestürzt hat. Ein empfindlicher Augenblick. Ich unterdrücke meine aufkommende Erregung.

„Lass uns einen kleinen Spaziergang machen", schlage ich am nächsten Morgen nach dem Frühstück vor.

Von der ausgeblichenen Bank auf dem Kirchplatz zeige ich ihm zuerst den tiefblauen See unterhalb der Berge. Unvermittelt, völlig unpassend in diesem Augenblick stellt er eine Frage, die mich zusammenzucken lässt.

„Was machst du denn so mit deinem vielen Geld? Wenn du Interesse an Antiquitäten hast, dann ..."

„Mein Geld liegt fest, noch bis Ende des Jahres", antworte ich ein wenig zu schnell. Er starrt auf die kleinen Kieselsteinchen unter unseren Füßen.

„Komm, lass uns hinüberwandern auf die Bergspitze." Ich zeige in die Richtung. „Von dort ist das Panorama einmalig, dass einem ganz schwindelig werden kann."

Er zögert. Schnell umarme ich ihn und gebe ihm übermütig einen Kuss. Sein Unmut verflüchtigt sich. Wir laufen los, kriechen durch Rebzeilen, überqueren ein freies Feld, und immer wieder zeige ich mit ausgebreiteten Armen auf die Umgebung. Ein verzweifelter Versuch, meine vorgetäuschte Begeisterung auf ihn zu übertragen. Wir betreten den schmalen, von Geröll übersäten Bergweg, der steiler wird und zum Gipfel führt. Je näher wir dem Ziel kommen, umso mehr gebe ich mich aufgedreht, denn er sieht aus, als plagen ihn schwere Gedanken.

Oben verharren wir an der Stelle, von der sich meine Mutter hundertachtzig Meter tief in den See hinabgestürzt hat. Ich starre in den Abgrund, vergesse für einen Moment die Wirklichkeit und sehe sie hier stehen, ihr Herz zerstört durch Liebeskummer. Ihr sanftes Gesicht verzerrt vor Demütigung und Scham, den Spott und die Vorwürfe ihrer Mitmenschen gewiss.

„Sandra?!"

Mein Kopf fährt herum. Ausgenutzt von dir, denke ich.

„Was ist mit dir, Sandra?"

Der eigentümliche Klang seiner Stimme warnt mich, reißt mich aus meinem Schmerz. Ich lächle gezwungen.

„Ist es nicht wunderschön hier?", hauche ich, hoffe, dass er meine Ergriffenheit der eindrucksvollen Landschaft zuschreibt. Wider Erwarten ändert sich sein Gesichtsausdruck. Er mustert mich fremd und abweisend. Sein Blick lässt mich frieren und all meine Sinne mobilisieren. Ich spüre ein spannungsgeladenes Kribbeln in mir. Seine eisige Stimme durchschneidet meine Brust.

„Du heißt nicht Sandra. Und du bist auch keine entfernte Bekannte, sondern Laura, ihre Tochter."

Von jetzt auf gleich fühle ich mich nackt und zerbrechlich. Wild klopft mein Herz und meine Muskeln verspannen sich. Trotz weicher Knie sehe ich ihn fest an. Er verzieht den Mund, räuspert sich, seine Tonlage wird tiefer, bedrohlicher.

„Der Leberfleck über deinem Bauchnabel hat dich verraten. Ich habe ihn auch bei deiner Mutter oft liebkost." Für einen Moment erhellt sich sein Gesicht. „Dabei hat sie mir einmal erzählt, dass sie ihn an dich weitervererbt hat."

Ich schlucke, bringe die Worte kaum hervor. „Und wieso hast du nichts gesa...?"

Er lacht gedehnt auf.

„Du bist ein reizendes Geschöpf, warst mir ein Hochgenuss. Außerdem, liebe Laura, war ich sehr gespannt auf das, was du vorhattest. Ich ahnte es, aber jetzt weiß ich es."

Für Sekunden wendet er den Kopf ab, lugt hinunter in die Tiefe, als wolle er das Gesagte damit unterstreichen. In dem Moment vollzieht sich eine Wandlung in mir. Ich spüre einen Stich in der Brust, schäme mich der Nächte mit ihm, suche vergebens nach meinen entflammten Gefühlen für ihn. Mein Schwächeanfall wechselt in einen stummen Schrei, der sich in meinem Körper ausbreitet. Bilder meiner Kindheit, Mutter und ich, jagen durch meinen Kopf. Ich halte die Spannung nicht mehr aus, den Knoten im Magen, die Faust mitten auf der Brust, das Gefühl des Ertrinkens. Aufgebracht starre ich ihn an. Wut, gepaart mit panischer Angst, packt mich.

„Du hast sie gedemütigt und gebrochen", schreie ich los, „sie ausgenutzt, ruiniert und dann abgelegt wie ein nasses Handtuch! Du bist ihr Mörder, ihr Mörder!"

Mit einem mitleidigen Blick weicht er etwas zurück, scheint mich gar nicht ernst zu nehmen. Ich hämmere mit geballten Fäusten gegen seine Brust, schlage ihm ins Gesicht. Seine Brille segelt in die Tiefe. Doch er zeigt weiterhin dieses überlegene Lächeln. Das erbost mich und verleiht mir Riesenkräfte. Vergeblich versucht er, mich abzuwehren. Verblüffung und Angst spiegeln sich nun in seinem Gesicht wider, denn ich bin nicht mehr zu bremsen. Wie von Sinnen prügele ich weiter auf ihn ein. Er bekommt meine Fäuste nicht zu packen, die ihn langsam an den nahen Rand des Abgrundes drängen. Endlich strauchelt er, verliert den Halt. Er umschlingt meine Knöchel. Wie eine Eisenklemme spüre ich seinen Griff. Die Angst ergießt sich frei in mein Blut, strömt durch sämtliche Adern. Ist wie ein Netz, das sich zusammenzieht, bis ich nichts mehr fühle. Antony Eulger reißt mich mit in den Abgrund. Unsere Schreie hallen wider, als er sich im Fall von mir löst.

Ich wache in einem kahlen, weiß getünchten Zimmer auf. Stückweise kehrt die Erinnerung zurück. Mein Körper ist ein einziger Schmerz. Es klopft an der Tür. Zwei Männer betreten den Raum, in ihrem Rücken eine Krankenschwester. Eine Woge der Anspannung überschwemmt mich. Mein Herz schlägt nervös und wachsam. Sie stehen vor meinem Bett und schauen auf mich herab. Innerlich zittere ich. Jetzt haben sie mich.

„Sie haben Glück gehabt, Signora. Sie wurden bewusstlos aufgefunden. Der Felsvorsprung hat Sie aufgefangen", erklärte der größere der beiden Männer. Sein Gesicht wird dunkel. „Ihren Freund aber - es tut mir leid für Sie - ihren Freund leider nicht."

Ich schließe die Augen, verliere mich in einer konfusen Mischung aus Lachen und Weinen, danke ihr da oben, meinem Schutzengel.

3. Eine Mordsnachbarin

Seit vier Jahren sitzt Karsten Brüne im Gefängnis, und vor ihm liegen endlose weitere 21. Sein damaliger Pflichtverteidiger hatte sich als inkompetent erwiesen. Karsten, mittelloser Künstler, immer unterwegs im Schlabberlook und mit mehr als der üblichen Haarlänge hatte er vor Gericht einen unseligen Eindruck erzeugt.

Heute, am 1426sten Tag im Gefängnis landet nach dem Frühstück ein brauner DIN-A5-Umschlag auf seinem kargen Zellentisch. Karsten schaut auf den Absender. Er kennt ihn. Das Schreiben ist von ihrem Notar. Karstens Hand zittert, derweil er das Kuvert aufreißt und ein fliederfarbenes weiteres herauszieht. Sein Name steht darauf. Karsten erkennt ihre Handschrift. Flieder scheint immer noch ihre Lieblingsfarbe zu sein. Aufmerksam faltet er das gleichfarbige Briefpapier mit eingedruckten Blümchen auseinander. Es trägt das Datum seiner Verurteilung. Karsten schließt die Augen, sieht sie leibhaftig vor sich, makellos und edel ... damals ...

Frohgestimmt musterte Karsten das kleine in die Jahre gekommene Häuschen. Gutgelaunt schlenderte er darauf zu, die Hände tief in den ausgebeulten Taschen seiner Hose vergraben. Vor einigen Wochen hatte er sich dazu entschlossen, in dem noblen Viertel das Überbleibsel aus einer anderen Zeit am Ende der Straße zu mieten. Eines Tages, so hatte er gehört, sollte es abgerissen werden, denn es passte so wenig in diese wohlhabende Gegend wie er selbst.

Karsten war ein begabter, aber weltfremder Künstler, und wie seine großen Vorbilder zu Lebzeiten unbekannt und mittellos. Seit vierzig Jahren malte er Bilder, zieht man die paar ab, in denen seine Finger noch keinen Pinsel halten konnten. Bisher lebte er zurückgezogen und hatte sich völlig der Malerei verschrieben, wobei ihn immer wieder Selbstzweifel plagten. Durch den ausbleibenden Erfolg fand er sich untalentiert, unattraktiv und wenig liebenswert.

Das hellste der kleinen Zimmer lag zur Straße hin und bot sich ideal als Atelier. Von der Leinwand waren seine Blicke öfter durch die vorhanglose Fensterscheibe gewandert. Und eines Tages hatte er sie erblickt. Sie wohnte schräg gegenüber in eine der herrschaftlichen Villen. Wenn er durch sein gekipptes Fenster das Surren des automatischen Garagentores vernahm, hatte er gespannt hinausgeschaut. Brauste sie mit ihrem fliederfarbenen Porsche davon, oder schob sie ihren kränklichen Mann im Rollstuhl hervor, um ihn spazieren zu fahren?

Sie war eine Frau in den Vierzigern mit edlen Gesichtszügen, die ab und an so etwas wie Hochmut ausstrahlten. Mit ihren pechschwarzen Haaren und leicht gebräunter Haut erinnerte sie ihn an eine spanische Flamencotänzerin. Er war von ihr fasziniert, doch hätte er niemals in Erwägung gezogen, sich ihr zu nähern.

Bald erfuhr er, dass die Nachbarin Lena Althammer hieß und ihr Mann nach einem Schlaganfall halbseitig gelähmt und geistig verwirrt war.

Eines Tages klingelte es an der Tür. Karsten starrte die Frau davor an. Sein Herz klopfte. Lena Althammer lächelte, wobei sich rechts und links ihrer Wangen kleine Grübchen bildeten.

„Sie sind doch Künstler, habe ich gehört, verkaufen sie Ihre Bilder auch oder malen Sie nur?", fragte sie keck.

Verkaufen? Nur zu gerne. Er nickte verwirrt, bat sie herein, servierte ihr Früchtetee und sah zu, wie sie mit flinken Fingern den Stapel seiner Werke durchstöberte.

„Sie haben Talent, junger Mann", kommentierte sie seine Schöpfungen, kaufte ihm zwei Aquarelle ab und kam von da an öfters vorbei. Ihre lebensfrohe Art richtete ihn auf, holte ihn immer wieder aus diversen schwarzen Löchern und motivierte ihn. Karsten sah sich geschmeichelt, dass diese ansprechende resolute Lady ihm zugetan war. In manchen schlaflosen Nächten fantasierte er, mit ihr zusammen ein sorgloses Leben zu führen. Aber sie war gebunden. Anfangs schämte

26

sich Karsten, wenn Lena ihm einen Hunderter zuschob oder gar wesentlich mehr.

An einem Nachmittag nach dem gemeinsamen Tee nahm er sie in den Arm, versuchte, ihr einen Kuss zu geben. Lena wehrte ihn ab. Karsten sah in ihren Augen ein empörtes Aufflackern, so, als stünde es ihm nicht zu, sie zu begehren.

Bevor sie wegging, ließ sie fünfhundert Euro neben seiner Teetasse liegen. Er hatte verstanden. So blieben sie weiterhin körperlich auf Distanz, aber Karsten liebte ihre Gesellschaft. Eines Tages überraschte sie ihn mit der Idee, ihm monatlich eine Zahlung auf sein Konto zu überweisen. Er wehrte wehement ab.

Auch wenn ihm nun nicht mehr ständig das Wasser bis zum Hals stand, schrieb er dennoch weiter aus Spaß an der Sache die Kurzkrimis für eine Apothekenzeitschrift. Das spärliche Honorar hatte ihn bis zu Lenas Erscheinen vor dem Hungertod bewahrt.

Vor Tagen hatte er mit ihr den Inhalt seiner nächsten Story durchgesprochen. Sie war eine hilfreiche Kritikerin.

Just beabsichtigte er, in die Tasten zu schlagen. Es schellte. Lena? Sie hat sich offenbar doch freimachen können. Seit gestern Morgen hatte er sie nicht mehr gesehen und auf sein Klingeln heute hatte niemand reagiert. Erwartungsvoll öffnete er die knarrende Haustür. Statt Lena warteten zwei fremde

Personen. Verblüfft schaute Karsten in das mürrisch dreinblickende Gesicht eines schlanken Mannes mittleren Alters, dessen lockiges Haar sich nahezu bis in die Augen wellten. Bevor Karsten nach dem Grund des Besuches fragen konnte, knurrte der Mürrische einen kurzen Gruß und hielt ihm seine Dienstmarke unter die Nase.

Karsten starrte auf den Ausweis.

„Sie sind vorläufig festgenommen", wurde ihm übermittelt.

„Wegen Mordverdacht an Ludwig Althammer", verkündete der andere.

„Ludwig Althammer", murmelte Karsten verstört.

Das Vernehmungszimmer war nur spärlich eingerichtet. Seit Stunden schon quetschten sie ihn aus. Der Aschenbecher auf dem Tisch vor Karstens Nase quoll über. Es stank entsetzlich. Karten hasste Zigarettenrauch. Der Mürrische marschierte ständig mit einem brennenden Glühstängel in der Hand von einer Zimmerwand zur anderen. Sein Kollege stand regungslos in der Ecke. Wie ein eingespieltes Team, nahm Karsten an.

„Also noch einmal das Ganze von vorne."

Karsten stöhnte. Der Beamte holte Luft, zog kräftig an seinem Stummel und drückte ihn vor Karstens Nase aus.

»Sie leugnen nicht, dass Sie sich in der Apotheke *Am rauen Felsen* nach diversen Vergiftungsmöglichkeiten, darunter Arsen, Rattengift und verschiedenen Herztropfen erkundigt haben?«

Karsten schüttelte den Kopf. „Der Apotheker hat mir nach einigen Überlegungen die Herztropfen Lanitop empfohlen. Und da sie bitter schmecken, am besten in Grapefruitsaft", antwortete er zum x-ten Mal. „Und das Ganze war Recherche für eine Geschichte in der Apothekenzeitschrift. Was ich Ihnen ebenfalls zum x-ten Male gesagt habe."

Der Kripobeamte staunte.

„Der Apotheker hat das also empfohlen," wiederholte er kopfschüttelnd. „Seit wann geben Apotheker Anleitungen zum Töten heraus. Man sollte ihn einsperren."

„Er kennt mich gut und weiß, dass ich für die Apothekerzeitung schreibe, sonst hätte er das mit Sicherheit nicht getan. Und außerdem, wenn ich jemanden umbringen wollte, glauben Sie tatsächlich, ich würde mich vorher öffentlich erkundigen?"

Der Mürrische stutzte einen Moment.

„Es war eine Apotheke am anderen Ende der Stadt – die abgelegenste überhaupt."

„Ich war aus einem bestimmten Grund dort."

„Natürlich waren Sie das."

„Nicht, wie Sie denken. Ich war in der felsigen Gegend auf Motivsuche als Hintergrund für ein Bild."

„Ach so, Sie arbeiten doppelgleisig. Motiv- und Anleitungssuche für einen Mord."

„Ich sagte bereits aus, dass ich den Apotheker kenne und mich deshalb bei dieser Gelegenheit auch bei *ihm* erkundigt habe."

Der Beamte fuhr sich durch die Locken und schnaubte, ehe er bedächtig langsam formulierte:

»Mit Lanitoptropfen im Grapefruitsaft wurde Ludwig Althammer ermordet, vergiftet. Und Sie haben ihm das Glas gebracht. Es wimmelt auf beiden Behältnissen nur so von Ihren Fingerabdrücken.«

Karstens Kopf arbeitete. Die Tage der letzten Woche spulten sich blitzschnell ab. Brennend heiß wurde ihm bei dem Gedanken, was auf ihn zukommen würde.

»Sie haben oder hatten doch ein Verhältnis mit Lena Althammer. Immerhin ist sie fünfzehn Jahre älter als Sie und sehr reich.«

„Spielt das eine Rolle?"

„Könnte, Herr Brüne, könnte. Und wie Frau Althammer ausgesagt hat, haben Sie ihr sogar einen Heiratsantrag gemacht, obwohl sie verheiratet war."

Karsten fiel aus allen Wolken, fuhr hoch. „Das ist nicht wahr."

Der Beamte überhörte es.

„Sie wollten ihren kranken Ehemann loswerden, Lena Althammer heiraten und damit an ihr Vermögen kommen." Er begleitete seine Vermutung mit einem frostigen Lächeln. „Sie haben sich doch von ihr aushalten lassen. Frau Althammer hat Ihnen doch ordentlich Geld zugesteckt."

„Woher wissen Sie das?", fragte Karsten ahnungsvoll.

„Oh, Frau Althammer hat uns genau informiert. Außerdem haben wir Ihre Kontozüge eingesehen, jeden Monat ein hübsches Sümmchen von Frau Althammer."

Irritiert fuhr sich Karsten mit der Zunge über die Lippen. Lena, nein, ich glaub es nicht.

„Haben Sie Frau Althammer ebenfalls verhört? Vielleicht hat sie ihn ja selbst umgebracht."

„Wir machen unsere Arbeit gewiss richtig, junger Mann. Natürlich haben wir auch Frau Althammer vernommen wie auch die gesamte Nachbarschaft. Und ich brauche Ihnen nicht zu sagen, was dabei herausgekommen ist – aber ich tue es dennoch. Frau Althammer sagte unter anderem aus, von Ihnen bedrängt worden zu sein. Sie hätten mehrfach erwähnt, wie wundervoll es doch wäre, wäre ihr Mann weg. Dann könnten Sie beide in die weite Welt reisen mit Ihrer Staffelei und Lena Althammers Geld."

Karsten sprang vom Stuhl, dass er umfiel, riss den Mund auf, doch eine energische Geste des Beamten ließ ihn schweigen.

„Diese Aussage, Herr Brüne, hat auch eine befreundete Nachbarin bestätigt, bei der sich Frau Althammer über Sie beklagt hat."

Der Mürrische hielt mit seiner Wanderung inne, stemmte die Arme auf den Tisch und sah Karsten scharf an.

»Wahrscheinlich hätten Sie Frau Althammer dann auch bald vergiftet.«

Karsten rang um Fassung. »Das, das ist ja unglaublich, was Sie behaupten. Nie, nie habe ich derartige Äußerungen gemacht!«

„Die Nachbarn sagen aus, dass Sie fast täglich drüben bei Frau Althammer gewesen sind, und auch am Mordnachmittag."

Karsten nickte.

„Sie hatte mich angerufen. Ihre Migräne plagte sie und zudem war sie ziemlich deprimiert, weil es ihrem Mann so schlecht ging. Deshalb bin ich rüber gegangen."

„Sie geben also zu, dass Sie am Tag des Mordes im Haus Althammer waren."

„Vielleicht eine halbe Stunde."

„Das reicht für einen Mord."

„Aber ich habe ihn nicht umgebracht."

„Nein? Können Sie mir dann sagen, auf welch wundersame Weise Ihre Fingerabdrücke ausgerechnet auf das Glas mit dem tödlichen Grapefruitsaft und dem Fläschchen mit den Lanitoptropfen gekommen sind?"

„Ja, kann ich", schnauzte Karsten.

„Haben Sie gewusst, dass Frau Althammer herzkrank ist?"

Der Beamte entzündete sich umständlich eine weitere Zigarette. Karsten stöhnte innerlich und nicht nur wegen des elenden Qualms.

„Ich glaube, ich möchte jetzt doch einen Anwalt."

Der Beamte schob ihm das Telefon herüber.

„Bitte! Der hiesige Staranwalt heißt Kanello, halb deutsch, halb italiano."

„So viel Geld habe ich nicht."

„Ach ja, Sie sind ja Künstler, da bleibt Ihnen wohl nur ein Pflichtverteidiger."

Karsten schluckte.

„Behauptet Frau Althammer tatsächlich, dass ich ihren Mann umgebracht habe?"

„Sie hat es nicht direkt behauptet – aber sie zog es in Erwägung."

„Unglaublich", murmelte Karsten. „Ich fass es nicht."

Zielte Lena wahrhaftig darauf ab, ihm einen Mord anzuhängen? Er schrie seine Vermutung heraus:

„Sie hat ihn selbst umgebracht und den Verdacht auf mich gelenkt! Die ganze Zeit hat sie alles geplant, die Geldgeschenke, die monatlichen Überweisungen, die Idee mit der Vergiftungsstory."

„Wieso hat sie dann das Glas nicht selbst zu ihm gebracht?"

„Hat sie Ihnen das nicht bereits erzählt?"

„Doch, aber ich möchte es von Ihnen hören."

„Sie sagte mir doch, sie hätte Kopfschmerzen und wäre deprimiert, deshalb war ich ja überhaupt bei ihr an dem Nachmittag. Lena, Frau Althammer, bat mich, rasch das Glas zu ihrem Mann zu bringen. Sie sagte wörtlich: 'Es wird Zeit für seine Medizin. Ich habe sie in der Küche vorbereitet. Er mag sie nicht besonders. Achte darauf, dass er das Glas austrinkt. Notfalls musst du es ihm einflößen'."

Karsten schlug sich vor den Kopf. Durch seine aufkommenden Gefühle lief er rot an. Das Aufflackern in ihren Augen wieder vor sich sah, als er sie zu küssen versuchte, er schlagartig ihr Gebaren ihm gegenüber begriff. Wie hatte er nur annehmen können, diese Frau würde sich ernsthaft für ihn interessieren?

»Fehlt Ihnen was, Herr Brüne?«

Karsten lachte auf. Ihm war klar, dass er keine Chance hatte, dennoch fuhr er fort.

»Als ich wieder herunterkam, rief sie mir vom Sofa aus zu, ihr ein Glas Saft und ihre Tropfen in dem kleinen braunen Fläschchen auf dem Küchenregal zu bringen.«

»Die Lanitoptropfen also.«

Karsten schluckte gegen seinen Kloß im Hals. Er wünschte, dieses verfluchte Tropfenfläschchen nie angefasst zu haben. Aber es hatte keinen Grund gegeben, ihrer Bitte nicht nachzukommen.

„Ich sage Ihnen, wie es war" , hob der Kripobeamte an: »Sie haben in der Küche die Tropfen stehen sehen, dachten an Ihre Apothekengeschichte und an die Wirkung, die eine Überdosis Lanitop auf das Herz haben würde. So haben Sie die Gelegenheit beim Schopf gepackt, den Alten endlich aus dem Weg zu räumen. Dumm nur für Sie, dass Sie bis dato nicht gewusst haben, dass die Tropfen zu Lena Althammer gehörten und Herr Althammer sich eines gesunden Herzens erfreute. Somit erschien der plötzliche Herztod ungewöhnlich, fragwürdig. Es musste einfach auffallen.«

Karsten hatte im Verlauf der gesamten Ausführung den Kopf geschüttelt. Unbeirrt fuhr der Beamte fort. »Hätte Herr Althammer ein schwaches Herz gehabt, täglich zur Unterstützung die Tropfen nehmen müssen, wie Sie, Herr Brüne, ja glaubten, dann wäre sein Herzversagen unverdächtig geblieben.«

»Nein, nein, nein! Es stimmt alles nicht. Ich habe ihn nicht umgebracht! Sie hat mich dazu missbraucht!«, stieß er hervor. Der Mürrische lachte auf.

„Sie rühren mich zu Tode."

Karsten blieb bis zum Prozess in Untersuchungshaft. Wochen vergingen, ohne dass er von Lena hörte. Die durch seinen Anwalt überbrachte Bitte, sie möge ihn besuchen, hatte sie abgelehnt.

Es folgte ein reiner Indizienprozess, in dessen Verlauf Karsten sein blaues Wunder erlebte. Lena verstand es, aufzutreten, kleidete sich mit einem schlichten Kostüm und hielt ihre schwarzen Haare im Nacken zu einem Knoten gebunden, gehalten von einem feingliedrigen, perlendurchwebten Haarnetz. Sie verkörperte vollendet die untadelige trauernde Witwe. Die Zeugen sagten einstimmig aus, dass sie sich aufopfernd um ihren Mann gesorgt und ihn stets liebevoll betreut zu haben. Lena Althammer zeigte mit dem Finger auf Karsten.

»Ich habe ihm vertraut und ihn protegiert, weil ich an ihn als Künstler glaubte. Niemals hätte ich für möglich gehalten, von welch niederträchtigen Mordgedanken er beseelt war. Er ist ein Schmarotzer und hat mein Vertrauen aufs Äußerste missbraucht. Ich bedauere zutiefst, dass ich meinem geliebten Mann seine Medizin nicht selbst gebracht habe.«

Das Gericht kaufte ihr alles ab.

Bei dem Urteilsspruch verlor den Rest der Gesichtsfarbe. Lebenslänglich wegen Mordes aus niedrigen Beweggründen. Kalkweiß starrte er mit steinernem Gesicht seinen Anwalt an.

„Jetzt sperren sie mich ein, weil ich meine Unschuld nicht beweisen kann, und genau das hat sie eiskalt einkalkuliert."

„Sie hätten sich die Haare vorher schneiden lassen sollen", raunte ihm sein Pflichtverteidiger mit einem Blick auf Lena zu, „so konnten Sie niemals gegen sie gewinnen."

»Seit wann hängt Gerechtigkeit vom Haarschnitt ab?«

Tränen quellen aus seinen Augen, tropften auf das Papier und verwischen die Tinte. Karsten pustet sie trocken.

„Geständnis" springt ihm die Überschrift entgegen. *„Ich, Lena Althammer, geborene Löffler, gestehe, Karsten Brüne ohne sein Wissen dazu benutzt zu haben, meinen Mann zu vergiften. Ich wollte die wenigen Jahre, die mir der Krebs lassen würde, ohne Ballast und lästigen Pflichten in meinem Haus in Spanien genießen. Lieber Karsten", liest er weiter, „wenn Dir diese Zeilen zugehen, hat der Krebs mich besiegt. Du aber lebst, kommst frei und wirst nie mehr arm sein. Vergib mir. Deine Lena Althammer."*

Karsten schließt die Augen, bevor er die letzte Zeile nochmals liest und endlich begreift. Lena Althammer hat ihm ihr gesamtes Vermögen vermacht.

4. Pechmarie

Priska öffnete die Tür. Da war er schon wieder. Wie oft bezweckte dieser Koblenzer Kommissar, weiterhin zu ihnen zu kommen? Er hatte sie doch längst mit allen möglichen Fragen gelöchert.

„Mutter", rief sie über die Schulter.

„Hallo Priska", sagte der hagere, kleine Mann, der Oberweiler hieß, stets aus Koblenz angereist kam und lässig am Türrahmen lehnte. Sie wich den forschenden, grünen Augen aus hin zu den kurzrasierten Haaren. Die tief stehende Abendsonne in seinem Rücken ließen sie wie poliertes Kupfer glänzen.

Priska rollten unvermittelt die Tränen. Warum gab er nicht endlich Ruhe! Das schreckliche Geschehnis hinter der Ahrbrücke auf dem Parkplatz hatte sie selbst ohne seine Gegenwart ständig vor Augen. Dort, wo sich die Jugendlichen aus der Umgebung jeden Abend trafen. Ob sie jetzt ebenfalls da waren und tranken, knutschten oder kifften? Ob ihnen das mit Sonja gar nichts ausmachte? Vorgestern zur angebrochenen Nachtzeit hatte man sie am Ufer der Ahr unweit des Parkplatzes tot aufgefunden.

Priska fröstelte bei dem Gedanken und schluchzte auf.

Ihre Mutter trat in die Diele. Sie nickte Oberweiler zu und bat ihn herein. Priska schob sich an ihm vorbei und schmiegte sich wie ein Kätzchen an ihre Mutter.

Er fing an, das Wohnzimmer abzuschreiten, als wolle er Maß nehmen für neues Mobiliar.

„Frau Mangold ... wir haben herausgefunden, dass Sonja unmittelbar vor ihrem Tod Geschlechtsverkehr hatte."

Sonja war bekannt dafür, dass sie es mit jedem trieb, hätte Priska am liebsten laut ausgerufen.

„Aber es konnte keine Gewaltanwendung festgestellt werden. Das lässt darauf schließen, dass sie damit einverstanden war."

Klar war sie das, dachte Priska und verzog ein wenig den Mund. Sie selbst war fast siebzehn, ein halbes Jahr älter als ihre Halbschwester Sonja. Doch bei keinem der Jungs vom Parkplatz hatte sie je Aufmerksamkeit geweckt. Deswegen hatte Sonja sie oft gehänselt. Dabei war immer wieder das Wort Aschenbrödel gefallen.

Die verändert klingende Stimme des Kommissars riss sie aus ihren Überlegungen.

„Priska, du mochtest Sonja nicht besonders, stimmt's?"

Sie wandte dem Beamten den Kopf zu und reckte leicht das Kinn. „Doch!", protestierte sie. „Wie kommen Sie denn auf so was?"

Oberweiler zog die Brauen hoch. „Ich war in den letzten achtundvierzig Stunden nicht untätig. Die Leute in eurer Nachbarschaft sind ziemlich gesprächig."

»Ja, sie tratschen gern.«

„Und Sie, Frau Mangold. Wie war Ihr Verhältnis zu ihrer Stieftochter Sonja?"

Oberweiler redete weiter. Er schien gar keine Antwort auf seine Frage zu erwarten.

„Patrick Jung war´s". Der Kommissar räusperte sich. „Sie kennen ihn. Das Sperma stammt von ihm."

Priska hielt den Atem an. Tränen schossen ihr in die Augen. Ausgerechnet den smarten Typ aus der Oberstufe, in den sie selbst schon seit einer Ewigkeit verschossen war, hatte sich Sonja gekrallt.

„Meinen Sie, er ist der Täter?" Die Stimme der Mutter klang verhalten.

„Er wurde um die Tatzeit herum am Ahrufer gesehen", erklärte Oberweiler. „Trotzdem glauben wir nicht, dass er was mit Sonjas Tod zu tun hat."

Mit einer impulsiven Geste wischte Priska ihre Tränen fort.

„Und wer glauben Sie, war es dann?", presste die Mutter hervor.

„Martha!", krächzte eine Stimme nebenan. Mutters Ehemann, den Priska niemals *Vater* hatte nennen können, war wieder zu sich gekommen. Dabei hatte sie angenommen, er sei endlich tot. Weil er so still war. Er passte überhaupt nicht in ihr Leben. Alles war besser gewesen, vorher, als sie mit Mutter allein war.

Mutter sah Oberweiler an, ohne auf das Rufen zu achten. Der Kommissar ließ sich mit seiner Antwort Zeit.

„Martha!", röchelte es jetzt mit letzter Kraft.

Priska erschauerte. Selbst der Kommissar zuckte zusammen. „Es steht wohl sehr schlimm um ihn?", ließ er leise verlauten.

Mutter drehte den Kopf und rief in Richtung Krankenzimmer: „Ich komme gleich, Augenblick noch, Walter."

„Gehen Sie ruhig zu ihm, Frau Mangold. Ich darf inzwischen einen Blick in Ihre Kleiderschränke werfen? Sie haben doch nichts dagegen?" Oberweiler schritt bei den Worten in Richtung Treppe. „Die Zimmer sind oben, nehme ich an?"

Priska lief dem Kommissar nach. Am Treppenabsatz sah sie zurück. Mutter schien unschlüssig, zögerte, sah zwischen Tür und Stufen hin und her. Sonst rannte sie sofort, wenn der Alte rief.

„Wo ist dein Zimmer?", fragte Oberweiler. Priska öffnete ihm bereitwillig die Tür. Mit gerunzelter Stirn ließ Oberweiler die Augen wandern. Letztlich zog er die halb geöffnete Kleiderschranktür auf und beugte sich vor, um besser hineinzusehen.

„Wonach suchen Sie denn?" Unbemerkt war Mutter ins Zimmer getreten.

„Frau Mangold, müssen Sie nicht nach Ihrem kranken Mann sehen?", antwortete der Kommissar ungeachtet ihrer Frage.

In Priskas Kopf hallten Mutters Worte von damals wider: „Kind, ich heirate den Mann, ob dir das nun passt oder nicht." Weiter hatte sie hinzugefügt: „Dann haben wir endlich keine Geldsorgen mehr. Und du kannst dir hübsche Sachen kaufen."

Diese Tatsache hatte so manches für Priska erträglicher werden lassen, obwohl ihr sofort beim Anblick ihrer neuen Stiefschwester klar gewesen war, gegen solch ein Mädchen null Chancen zu haben. Da nützten all die hübschen Kleider nichts. *Aschenbrödel*, klopfte es erneut hinter Priskas Stirn. Und jetzt war Sonja tot und ihr Vater würde ihr bald folgen. Wie sich doch alles von selbst löste.

Oberweiler sortierte mit einer Hand die Bügel, bis er den mit den vielen Gürteln zu fassen bekam. Er hatte Latexhandschuhe übergezogen und untersuchte jeden Gürtel eingehend. Von unten tönte erneut der krächzende Klageton des Alten, der wie ein Befehl klang.

„Ihr Mann schikaniert Sie ganz schön, Frau Mangold, nicht wahr?" Oberweiler sah kurz auf. Priska vernahmt den abschätzenden Blick des Kommissars wie ein Feuerpfeil in ihrer Brust.

„Er ist todkrank", erklärte die Mutter. „Und er weiß noch nichts vom gewaltsamen Tod seiner Tochter. Ich dachte, es sei besser, ihn zu schonen. Wer weiß, ob er die Nacht überlebt und da ist es besser ..."

„Wie rücksichtsvoll", äußerte Oberweiler in einem merkwürdigen Tonfall. Ob er das ernst oder ironisch gemeint hatte?

„Dieses Wissen würde ihn sicher sofort umbringen. Sein Töchterchen Sonja durfte sich wohl ziemlich alles herausnehmen, nicht wahr?", bemerkte er weiter. „Zu ihr war er ganz anders als zu Ihnen und Priska."

Es hatte wie beiläufig geklungen, doch Priska hielt den Atem an. Was kam wohl als Nächstes?

„Sagte ich schon, dass Sonja mit einem Gürtel stranguliert wurde?"

Priskas Augen weiteten sich.

„Schrecklich", hauchte Mutter und sank auf die Bettkante.

„Dürfte ich jetzt noch einen Blick in Sonjas Schlafzimmer werfen?", fragte Oberweiler. Dort fand er ebenfalls nicht, wonach er suchte.

Priska war froh, als er endlich unten den Türknauf der Haustür mit seiner Hand umschloss. Verdammt, er drehte sich langsam wieder um. Mit gemächlichen Schritten durchquerte Oberweiler die Diele bis zur Garderobe, unterdessen er mit gedehnten Worten sagte:

„Uns ist bekannt, dass Ihr Mann letzte Woche Besuch von einem Notar hatte. Ihr Mann hat Sie aus dem Testament gestrichen."

Priska sah ihre Mutter überrascht an, die mit unbeweglicher Miene auf der untersten Treppenstufe stand, den Rücken an die Wand gelehnt. Oberweiler nahm sich den rustikalen Garderobenschrank vor, indem er die beiden unteren Schubladen durchwühlte.

„Ach, sieh mal da", murmelte er. Im nächsten Moment hielt er mit ausgestrecktem Arm etwas in die Luft. Sonjas Ledergürtel. Innerhalb kurzer Zeit klebten Priska die Ponyfransen ihrer blassblonden Haare auf der Stirn. Ihre Augen rasten zwischen Mutter und Oberweiler hin und her. Es hatte keinen Zweck mehr. Warum nur hatte sie den Gürtel so achtlos in die Lade gelegt?

„Ich wollte sie nicht töten!", schrie sie mit schwindenden Nerven los. „Nur eine Lektion erteilen." Ihr Kopf fuhr zur Mutter. „Mutter ...", flehte Priska. Aber Mutter sah sie stumm an. Schien zu warten, was folgen würde.

„Wir haben schlimm gestritten. Sonja hat mich gedemütigt, so schrecklich gede ..." Ein Schluchzer verschluckte die letzten Silben. „Sie hat gewusst, dass ich in Patrick verliebt bin und er sich nicht für mich interessiert. Sie hat mich gehänselt und ausgelacht. Und dann hat sie gesagt: ‚Soll ich dir zeigen, wie man ihn scharf macht, Aschenbrödel?'"

Jetzt drangen die Tränen aus ihrem tiefsten Inneren heraus und überschwemmten ihr Gesicht. Der Kommissar nickte ihr aufmunternd zu, weiter zu reden.

„Ich hätte wirklich nicht gedacht, dass sie es ernst meint. Das mit Patrick. Ich kam dazu, als die beiden ...“ Sie schluchzte auf. „Patrick ist schnell abgehauen, als er mich sah. Sonja war gerade dabei, ihre Hose anzuziehen. Sie krümmte sich vor Lachen, weil ich so fassungslos dastand und nicht wusste, was ich sagen sollte. Und dann, als sie mich wieder *Aschenbrödel* genannt hat und loslachte, habe ich den Gürtel gegriffen und ...“

Priska hörte im Geiste schon die Handschellen klicken.

„Sonja wurde zwar höchstwahrscheinlich mit diesem Gürtel hier stranguliert, aber das hat nicht ihren Tod herbeigeführt.“

„Nein?“ Priska verstand nicht. „Aber ...“

„In der Halsfalte der Toten klebte eine winzige dunkelblaue Glitzerpaillette.“ Unter seinen Worten zog er langsam etwas aus der Schublade.

„Bis zum Ahrufer ist es von hier nicht weit, Frau Mangold. Ihre Tochter hatte Ihnen von der Tat erzählt, nicht wahr?“ Wie ein Stierkämpfer breitete er Mutters Tuch mit den filigranen Glitzerstickereien aus. „Es sieht ganz so aus, als ob Sonja hiermit getötet wurde.“ Oberweiler hielt einen Moment inne und betrachtete eingehend die blauen Pailletten. „Nachdem Ihre

Tochter Ihnen alles gestanden hatte, liefen Sie hinaus zur Ahr. Aber nicht, um Sonja zu helfen. Sie wollten die Spuren beseitigen. Aber als Sie merkten, dass Sonja noch lebte, brachten Sie zu Ende, was Ihre Tochter Priska begonnen hatte."

Priskas Finger krallten sich in Mutters Arm.

„Und es würde mich nicht wundern, wenn Sie ihn ..." Oberweiler deutete zum Krankenzimmer, aus dem kein Laut mehr drang, „ebenfalls auf dem Gewissen hätten."

Auf Sie beide wartet der Staatsanwalt, nicht das geplante Erbe."

5. Ein fast arabisches Märchen

„Ich ... ich habe mich in der Tür geirrt", raunte ich den beiden Männern zu und drehte den Kopf, als zwei weitere eintraten. Wo war ich hier gelandet? In einem so luxuriösen Gemach, dass es mir fast den Atem nahm. Ich klammerte mich an meinen Rucksack, an dessen Vorderseite ich den Zeichenblock mit Gummibändern befestigt hatte, und tippte darauf. „Ich bin Künstlerin", versuchte ich es erneut, „ich wollte nur ..."

Mir wurde flau in meiner Mitte. Eines Tages würde die Suche nach außergewöhnlichen Motiven ein schreckliches Ende nehmen. Die zerfranste Jeans und das verblichene T-Shirt wiesen mich nicht als Hotelgast aus. Und genau das schienen die vier Herren zu bemerken. Einer von ihnen redete in Spanisch auf mich ein. Nur das Wort „policia" verstand ich. Mir war bekannt, dass die spanische Polizei nicht lange fackelte. Sofort zückte ich meinen Ausweis aus der Hosentasche, öffnete den Rucksack, ließ alle Stifte auf den Teppich kullern, zog den Zeichenblock aus seinen Gummihaltern und breitete einige Blätter mit fertigen Skizzen vor ihnen auf dem Boden aus.

„Ich bin Künstlerin, ich wollte nur zeichnen,« beschwor ich sie und deutete hin zur Dachterrasse. „Vom Dach da oben ... den Hafen", stotterte ich weiter. „Zeichnen ist meine Leidenschaft. Es ist alles ein Missverständnis."

Ein Räuspern, alsdann eine tiefe Stimme.

„Sie sind in die Gemächer eines hohen arabischen Gastes eingedrungen", erklärte mir in radebrechendem Deutsch einer der Männer.

„Eingedrungen? Die Tür stand offen«, wehrte ich mich."

Er musterte mich von oben bis unten. Mein üppiger Busen versteckte sich hinter einem schlabberigen T-Shirt und mein recht wohlgeformtes Becken zwängte sich knapp in Größe vierzig. Aber mein Gesicht mit seinen beherrschenden samtig braunen Augen glich alles aus.

Der hohe arabische Gast schien der stumm Beobachtende mit der goldenen Rolex zu sein. Er starre mir wie benommen abwechselnd in die Augen und auf meine Zeichenutensilien auf dem Teppich. Der aufgeschlagene Block zeigte eine gelungene farbige Skizze von Meer und Palmen, die ihn für eine lange Weile gefangen nahm. Als der Hotelchef erschien und mich in sein Büro abführte, brannte der Blick des Arabers mir förmlich im Rücken - seine Augen, groß und samtig braun - wie die meinen.

„Wenn Sie zeichnen wollen«, erklärte mir der Hotelmanager, dann melden Sie sich vorher bei mir."

Mit diesen Worten erhielt ich meinen Ausweis zurück, nachdem meine Daten einschließlich meiner Hoteladresse in Palma notiert waren.

Zeichnen und Malen waren mir das Wichtigste im Leben. Für diese Leidenschaft hatte ich fünf Wochen im *Pizza-Hut* gejobbt und zusätzlich abends in einer Anwaltskanzlei Berichte getippt, um mir den Billigflug nach Palma de Mallorca zu leisten. Endlich angekommen, war ich auf den Roller gestiegen, den ich mir an diesem Tag gemietet hatte. Voller Lust, den höchsten Ausblick auf den Yachthafen zu skizzieren, war ich in Höhe des Hafens steil hinauf in die engen Gassen gefahren und unvermutet vor der Einfahrt des Hotels *Valparaiso Palace* gelandet. Wahrhaftig eine Herberge für Reiche.

Wenn Mutter das alles wüsste? Sie wusste es, sah sie mir doch aus ihrer Himmelssuite immerfort zu. Unvermittelt klangen mir ihre Worte im Ohr. *Silke, du bist jetzt fünfundzwanzig, lerne du auf jeden Fall etwas Gescheites, werde nicht wie dein Vater ein brotloser Künstler, ein Vagabund, immer auf der Suche.*

Ich hasste Mittelmäßiges, strebte nach Freiheit, Wind und Sonne. Vor allem jedoch wollte ich zeichnen. Wie die Luft zum Atmen brauchte ich meinen Block und meine Stifte. Das teilte ich laut meiner Mutter mit meinem mir unbekannten Vater. Er galt seit ewigen Zeiten als vermisst. Aber Mutter hatte ihn nie für tot erklären lassen.

Oft kam mir in den folgenden Tagen der ungewöhnlichen Araber in den Sinn, der mich unablässig betrachtet hatte. Eines Nachmittags, ich lehnte über den rostenden Gitterstäben der Balkonbrüstung, sah ich eine dunkle Limousine vor dem Hoteleingang halten. Mein Herzschlag stockte, denn ich erkannte am Steuer einen der Männer aus dem Nobelhotel.

Kurze Zeit später saß ich in der feudalen Halle des *Valparaiso Palace* auf einem der ledernen Sofas.

„Man bedauert den Vorfall sehr, meine Dame", bekam ich wie auswendig gelernt erklärt.

Zur Dame avanciert setzte ich mich kerzengerade.

„Sie sind heute Abend mit der arabischen Gesellschaft zum Dinner eingeladen."

„Oh Herrjesus", platzte ich los, „ich habe aber keine passende Kleidung dafür."

„Un momento, señorita", empfahl er sich und eilte davon.

Wieder zurückkam, sah ich ihn gespannt an. Er führte mich in ein luxuriöses Zimmer mit Blick auf den Hafen. Verhalten schmunzelnd zeigte er mir das blinkende Bad und den vollen Kleiderschrank.

Unvermittelt fand ich mich inmitten eines arabischen Märchens. Ich wählte ein kleines Schwarzes, passende Schuhe und eine Perlenkette aus. Die Haare knotete ich im Nacken zu einem eleganten Dutt. Über mein Spiegelbild bekam ich einen

Lachanfall. Das war nicht mehr Silke Warda. Belustigt stemmte ich die Hände in die Hüften und betrachtete mich von allen Seiten, hörte im Geiste die Worte meiner gertenschlanken Freundin: *Jeder Araber hätte seine helle Freude an dir.* Ob ich dem arabischen Scheich - oder was immer er ist - gefallen würde?

Am Abend wurde ich in ein geräumiges separates Speisezimmer geführt. An einer langen Tafel saß offenbar die gesamte arabische Gesellschaft. Mein Blick fiel auf den einzigen freien Platz - neben *ihm.* Ich betrachtete ihn intensiver. Um die sechzig, von der Sonne gebräunt, volles schwarzes Haar, der Anzug von feinster Qualität.

„Ich freue mich, Sie an meiner Seite begrüßen zu dürfen", empfing er mich in perfektem Deutsch. Darüber wunderte ich mich zwar, doch was mich von der Tafel anlachte, war überwältigender, und ich griff herzhaft zu. Morgen würde ich wieder in dem spartanischen Hotel sein und armselig essen.

Nach dem Dinner bat mich seine arabische Hoheit, wie ich ihn heimlich nannte, an die Bar.
„Ich habe eine lange Zeit in Deutschland gelebt", erfuhr ich, „und bin im Herzen Deutscher. Doch die unendliche Welt hat mich hinausgetrieben, fort von der Frau, die ich einst lieb-

te. Meinen Reichtum habe ich, weil Allah es so wollte, schließlich in Arabien gefunden und mich somit diesem Land verschrieben."

Die Nacht schlief ich kaum, starrte den dunkelblauen
Himmel an, der über dem Bett hing und wünschte, ich hätte
die Möglichkeit, Mutter zu erzählen, was mir just geschieht.
Mit Bedauern kam mir in den Sinn, dass ich nach dem Frühstück zurück in die unattraktive Pension musste. Doch das
arabische Märchen war noch nicht zu Ende. Seine Hoheit lud
mich auf seine Yacht ein.

Selbst nach vier Tagen Schiffstour zeigte mein Gastgeber
keine Anstalten, sich mir zu nähern, stattdessen wolle er alles
über meine Mutter wissen.

„Meine Mutter", schilderte ich ohne Atempause, „war
zeitlebens arm dran und trotzdem eine Lebenskünstlerin. Sie
hat den Fußboden anderer Leute geschrubbt, auf dem Markt
Obst verkauft, war Kellnerin, Wäscherin, Näherin, Kauffrau,
Beraterin für alle anfallenden Probleme und Blitzableiter meiner pubertären Launen. Sie ging fast nie zum Friseur, weil uns
immer das Geld fehlte, und steckte mich in Secondhand-
Klamotten, für die ich mich furchtbar schämte. Wir haben uns
sehr geliebt. Sie starb mit fünfzig Jahren."

Er schwieg eine Weile, sah mich nachdenklich an und streichelte meine Hand. Unsere Augen fanden sich.

Am fünften Tag, nachdem ich zudem auch mein komplettes Leben vor ihm ausgebreitet hatte, wagte ich, nach dem seinen zu fragen.

„Seien Sie geduldig", bat er mich. „Ich habe dringende notarielle Geschäfte zu erledigen, für die eigens eingeflogene Notare im Hotel warten", erklärte er mir. Ich schaute auf den Hafen von Palma, in den wir grade einliefen.

Ich seufzte. „Jetzt muss ich wohl zurück in mein Hotel."

Er klopfte mir sanft auf die Schulter. Ich bezog abermals das Luxuszimmer. Gegen Abend bat er mich in seine Gemächer. Er hielt mir mit leuchtenden Augen ein vergilbtes Blatt mit einer Zeichnung hin.

„Das habe ich einmal angefertigt. Ich konnte es fast so gut wie du."

Ich starrte eine lange Weile darauf, bis ich es endlich hervorbrachte. »Das ist ja meine Mutter in jungen Jahren."

Er nickte heftig.

„Nach all deinen Erzählungen weiß ich jetzt, dass du meine Tochter bist. Dein Nachname hat mich gleich stutzig gemacht. Ich benutze ihn seit jeher nicht mehr. Und dann dein Zeichentalent, das ich dir vererbt habe. Die Art zu leben, immer hinaus zu wollen in die weite Welt. Aber ich musste erst vollkommen

sichergehen, bevor ich in die Wege geleitet habe, dich reichlich zu beerben. Du sollst ab sofort niemals mehr Not leiden."

Es klingelte. Ich schreckte auf und blinzelte zum Wecker.
Verdammt! Schon wieder elf. Wenn ich in den Morgenstunden
nochmals einschlief, träumte ich oft die haarsträubendsten
Sachen. Schlaftrunken stand ich auf. Wankte zur Ecke und
betrachtete mein Leben, das in Form eines Riesenposters an
der Wand über dem Zeichenbrett klebte: die Sonne Spaniens,
blauer endloser Himmel, blaues endloses Meer.

„Himmel noch mal! Leb es auch endlich!", rief ich mir zu.
„Vielleicht eröffnet sich ja eine andere Form des Märchens für
dich!"

Ich schaute zum Poster, hob schnüffelnd die Nase, roch
Sonne, Salz und Sand. Als erstes würde ich heute im Pizza-Hut
nach einem Job fragen.

6. Der Tote von Himmerod

Es war ein bitterkalter Februarabend. Vereinzelt fielen Schneeflocken in die Dunkelheit. Pater Dominik ließ den Kegel der Taschenlampe über die leblose Gestalt gleiten. Der junge Mann lag mit einer Kugel im Kopf im gefrorenen Laub am Ufer der Salm. Direkt neben einem Baum entlang des Wanderwegs *Himmeroder Pfad*. Der Reißverschluss seines Daunenanoraks war bis zur Brust geöffnet. Die Hose am unteren Rand durchfeuchtet. Die Hände steckten in dicken Lederfäustlingen. Die Wollmütze war vom Kopf geglitten. Um den Hals war ein langer Schal geschlungen.

Katrin, die Freundin des Toten, zitterte trotz ihrer warmen Kleidung. Pater Dominik schickte kurz den Lichtkegel über ihren schlotternden Körper. Vor einer viertel Stunde war sie unvermittelt und völlig aufgelöst in der Kapelle aufgetaucht:

„Pater Dominik, bitte schnell, mein Freund, er - hat sich umgebracht!"

Sofort war er hinter ihr her gestürmt. Schon beim Abendessen, das der Pater wie alle Mahlzeiten gemeinsam mit den Klostergästen einnahm, war ihm Jens' Fernbleiben aufgefallen. Katrins verheulte Augen hatten ihm signalisiert, dass etwas nicht stimmte. Wie viele Gäste waren die beiden jungen Leute in die Abtei *Himmerod* in die Eifel gekommen, um über die Karnevalstage Ruhe und Abgeschiedenheit zu finden. Katrin hatte ihm anvertraut, hier im Kloster in geistlichen Gesprächen eine Erneuerung ihrer Beziehung zu suchen. Nach dem Abendbrot hatte er Katrin das Gästehaus verlassen hören, um ihren Freund zu suchen, wie Pater Dominik jetzt klar war.

Sie schniefte neben ihm und zeigte auf die Stelle.

„Hier haben wir uns gestritten", sagte sie leise. „Ich bin einfach davongelaufen, zurück zum Kloster, dachte, er würde nachkommen. Nie hätte ich gedacht, dass er sich ... Und von einem Revolver wusste ich erst recht nichts."

Pater Dominik nickte nachdenklich. Seine Augen huschten im Schein der Lampe immer wieder über den Toten und den Revolver, der neben ihm lag. Unvermittelt griff er aus einem Impuls des Erkennens heraus nach Katrins Arm und zog sie ein Stück beiseite. Mit rauchiger, fester Stimme sagte er: „Er hat sich nicht umgebracht. Ihr Freund wurde ermordet."

Woher wusste der Pater das?

Antwort am Ende des Buches.

7. Wunschtraum

Als die Agentur anrief, träumte ich unter der Dusche von Antonio Banderas und seinen verführerischen Augen. Mit nassen Händen nestelte ich durch den Vorhang nach dem Handy auf dem kleinen Hocker.

Ich jubelte. Es war so weit, meine erste Fotosession stand an. Die Kunstakademie ließ ich für heute sausen. Ich war aufgeregt und freute mich über das finanzielle Zubrot. Aktmodelle waren gefragt, aber nicht jede Studentin traute sich. Ich war da flexibler.

Kurze Zeit später fuhr ich mit der knallgrünen Ente in den Hinterhof eines Altbaus mit verhangenen Fenstern ein. Die Klingel war kaputt. Ich klopfte einige Male heftig an die Tür. Nichts. Versuchte es abermals. Wartete. Enttäuscht drehte ich mich ab. In meinem Rücken wurde die Tür aufgerissen. Oh Himmel. Wir starrten uns an. Prickelte es bei ihm gleichermaßen? Seine Haare kringelten sich in eigenwilligen dicken schwarzen Löckchen. Die Augen blitzten. Ende zwanzig? Älter nicht. Aufgekratzt folgte ich der einladenden Handbewegung. O, er war haargenau die Kategorie Mann, auf die ich flog.

Im Studio Chaos. Überall Scheinwerfer, eine Kamera auf drei Füßen. Leere Coladosen und Pizzareste auf dem Boden.

Erneut trafen sich unsere Blicke. Meine Augen strichen prüfend über seinen Oberkörper. Das aufgeknöpfte Shirt lenkte die Aufmerksamkeit auf ein Sternzeichen, das an einer Goldkette hing und im Flausch der Brusthaare versank.

„Dort hinten ist ein Stuhl, da kannst du deine Klamotten ablegen."

Dunkler Teint, schwarzer Haarschopf und nachttiefe Augen verkörperten für mich Männlichkeit pur. Ich schritt Richtung Stuhl und spitzte erwartungsvoll die Lippen. Mit erhöhtem Pulsschlag streifte ich das rote Leinenkleid ab, warf es über die Stuhllehne, beugte mich vor und schüttelte meine blonde Mähne, so dass die Haare dick und voll zurückfielen, als ich mich wiederaufrichtete.

Aus den Augenwinkeln schielte ich zu ihm hinüber. Hatte er mich beobachtet? Ich stand vor ihm im knappen Stringer und dem Wonderbra, der den Formen meiner Brüste das i-Tüpfelchen aufsetzte. Ein schmerzlich angenehmes Ziehen meldete sich aus der Bauchgegend.

Er inspizierte die Scheinwerfer, schaute einige Male durch die Kamera und grinste zwischendurch verschmitzt zu mir herüber. Wie gerne wüsste ich, was in seinem Kopf vorging.

„Ich bin soweit", sagte er, „sei locker, ganz frei."

Geschickt öffnete ich den BH-Verschluss, streifte die Körbchen ab und umfasste meine Brüste. Ich fand das alles aufregend und kam in Fahrt. Dieser schwarze Teufel von einem Mann dort drüben erregte meine Fantasie. Ich lustwandelte auf explosiven Wegen.

Die Kamera auf mich gerichtet, glitt ich mit den Händen unter aufreizenden Bewegungen am Körper herunter, um mit gespreizten Fingern langsam den Stringer abzustreifen- und war kurz darauf nur mit meiner Haut bekleidet.

Auf einmal stand er hinter mir. „Komm, komm her, stell dich hier hin." Er umfasste meinen Oberarm, fuhr mit seinen Augen über meine Formen und schaute mich voll an. Meine Wangen brannten.

„Dein Gesicht", sagte er. „Du musst es noch etwas zurechtmachen."

Er wie zu einem Standspiegel. Auf dem Tischchen daneben fand ich etliche Schminkutensilien. Ich verstärkte sowohl meine hellblauen Augen mit gleichfarbigem Lidschatten, als auch meine hohen Wangenknochen mit blassem Rouge. Er stand einige Schritte hinter mir. Durch den Spiegel bemerkte ich kleine Schweißperlen auf seiner Stirn – vor Erregung, hoffte ich. Derweil ich mir die Lippen rosarot pinselte, glitt mein Blick auf Gürtelhöhe. In den weiten knittrigen Leinenhose war nichts zu erkennen - schade. Er hielt mir ein paar hochhackige Pumps hin. Sachte legte er mir eine Hand auf den Rücken und schob mich auf den vorgesehenen Platz. Hinter mir hing eine warm farbige Folie. Er hantierte an der Kamera. Ich betrachtete ihn. Ungewollt glitt meine Zungenspitze über die Lippen. Er äugte in dem Moment von der Kamera hoch zu mir hinüber. „Jesus", hörte ich ihn murmeln.

„So, fertig, jetzt lass dich gehen, mach einfach deine Bewegungen."

Ich legte los. In mir brannte ein Feuer, das mir den Schoß zu sprengen schien. Ich schwang den Oberkörper zurück. Prickeln im gesamten Körper. Meine Brustwarzen richteten sich keck auf. Ich stemmte die Arme in die Hüften, senkte leicht den Kopf, schlug die Augen nach oben und schicke einen lockenden Blick in die Kamera.

Klick, klick, klick und weiter Klick.

„Gut, gut, weiter, beweg dich."

Klick, klick, klick. Unversehens stand er vor mir, fasste meinen Arm und führte mich in die Ecke zu einer roten Ottomane. Hier rekelte ich mich, klick, klick, setzte mich, zog die Beine an den Körper, stellte die Füße leicht auseinander, schlang die Arme um die zusammengepressten Knie und legte das Kinn schräg darauf. Warf die Lippen auf und sah träumerisch ins Nichts. Klick, klick. Sein Kopf hinter der Kamera schnellte ständig hoch und wieder runter.

„Gut, weiter, weiter. Du bist spitze."

Ich glitt vom Sofa auf den Boden und setzte mich mit dem Rücken zur Kamera. Stützte mich mit ausladenden Armen seitlich ab, winkelte die Beine an und spreizte sie langsam. Mit einer ungezähmten Geste warf ich den Kopf in den Nacken, so dass die Haare den Boden berührten. Ununterbrochenes Klicken. Seine Stimme klang mir in den Ohren wie ein tosender Wasserfall.

„Jetzt dreh dich um, bleib genau in der Pose und lass den Kopf unten."

Ich schloss die Augen. Die Worte vernebelten mir den Verstand. Eine Ameiseninvasion krabbelte durch meinen Körper. Mein Mund war trocken. Erwartungsvoll drehte ich mich zu ihm hin.

In der nächsten Sekunde kniete er vor mir. Sein heißer Atem betäubte mich. Unter leidenschaftlichen Küssen sinken wir zu Boden. Ich vergaß alles um mich herum

Ein unsanftes Rütteln an meiner Schulter riss mich in die Wirklichkeit zurück.

„Hey, was ist los mit dir? Träumst du? Komm – mach schon, weiter- hey - beweg dich."

Erst jetzt öffnete ich die Augen. Verflixt, offenbar war für mehrere Sekunden die Fantasie mit mir durchgegangen.

8. Abuelas Tonkrug

Heute ist mein achtundzwanzigster Geburtstag. Die Kolleginnen und Kollegen - ich arbeite als Reiseleiterin auf Mallorca – werden ihn am Abend ohne mich in unserer Taverne feiern.

Mit schwerem Herzen schreite ich die enge Gasse in Palma hinauf zu ihrem Elternhaus.

Mit meinem eigenen Schlüssel schließe ich die Haustür auf. Drinnen sieht es aus, als könne sie jeden Moment aus einem der Zimmer kommen und vor mir stehen. Aber sie kommt nicht. Das Haus mit samt seinem Inhalt gehört jetzt mir.

Ich schreite langsam durch die kleinen Räume, öffne die Schränke, ziehe Schubladen auf und zu. In der alten Kommode finde ich einen abgegriffenen Schuhkarton mit verblichenen Fotos. Gedankenlos schaue ich mir einige an, bis ich unvermittelt ein Bild von abuela in den Händen halte. Im Kindesalter habe ich es selbst geschossen und erinnere mich just.

Mein stets durstiger Großvater hatte wie so oft lauthals nach Wein verlangt und der Großmutter den Krug hingehalten, der immer für ihn bereitstand. „Schau zu mir, abuela!", hatte ich in dem Moment gerufen und diesen Augenblick festgehalten.

Mit den Fingern streiche ich liebevoll über die Oberfläche der Aufnahme, mustere ihr erschrockenes Gesicht. Schien sie sich bei etwas Unrechtem ertappt? Den Tonkrug an die Brust gepresst, als hänge ihr Leben daran. Ich starre auf das Gefäß ... und sukzessive vollzieht sich eine Wandlung in mir. Im Geiste höre ich wieder Großvater nach Wein brüllen. Mit größer werdenden Augen sehe ich den Krug in abuelas Händen an - und mit einem Schlag ist mir alles glasklar. Ich falle in den geblümten Sessel, atme durch und wandere in Gedanken in meine Kinderjahre.

Durch einen tragischen Autounfall wurde ich Vollwaise. So siedelte ich mit neun Jahren von Berlin zu den Großeltern in die kleine Stadt am Rhein. Ich liebte meine spanische Großmutter, meine Abuela, ihr verborgenes Temperament, ihre Liebe, die sie mir schenkte, den Trost, den sie mir spendete. Großvater Alfons war mir egal, bis ich anfing, ihn zu hassen. Bisweilen faszinierte er mich mit Gruselgeschichten, die er mir ab und zu an den Sommerabenden auf der Veranda erzählte. Dort pflegte er im Schaukelstuhl seinen Wein zu trinken, stets allein.

Abuela nähte bis spät in die Nacht in dem kleinen Raum zwischen ihrem Schlafzimmer und meiner Kammer Kleider für andere Leute. Immer wieder zwischendurch unterbrochen von Großvaters lautstarker Forderung nach mehr Wein. Abuela

war erst fünfzig, doch sie schlurfte wie eine alte Frau in ge-
bückter Haltung und brachte den Alkohol.

Wenn sie sich beim Abendgebet zu mir aufs Bett setzte,
erzählte sie mir mit glänzenden Augen von ihrer Insel im Mit-
telmeer. Von der kleinen Gasse in Palma de Mallorca, wo ihr
Elternhaus stand, und von ihrem Heimweh nach der Heimat,
die sie mehr als zwanzig Jahren nicht mehr gesehen hat, da
Großvater sie nicht reisen ließ.

„Warum nicht?", fragte ich verwundert.

Ihre Augen wurden dunkler. „Ich glaube er weiß, dass ich
niemals zurückgekehrt wäre."

Abuela erzählte mir von ihrer älteren Schwester und ihren
Eltern, deren Beerdigungen ohne Abuela stattfand.

„Er hatte mich über diese Tage eingesperrt. Und ich habe
allein geweint", vertraute sie mir das bis dahin gehütetes Geheimnis an. „Deine Mutter hat ihre spanischen Großeltern nie
kennengelernt."

Betroffen drückte ich ihre Hand.

Freitagsabend holte Großvater seinen besten Anzug aus
dem Schrank und verschwand über das Wochenende, ohne
Abuela und mir einen Gruß zu schenken. Er schien sicher, dass
sie sich mit ihrem geliebten Enkelkind nicht weg traute.

Kaum hatte er die Tür hinter sich zugeschlagen, entspannte sich ihr Gemüt. Abuela und ich waren glücklich ohne ihn. Wir kochten zusammen, lachten und sangen spanische Lieder, unternahmen lange Spaziergänge durch die Wälder, und sie träumte laut von ihrer Insel. Mit neun Jahren war mir klar, dass ich eines Tages dort lebe. Sonntag abends schlug abuelas Leichtigkeit wieder in Schwermut um. Wortkarg bereitete sie das Abendbrot. Versunken in Gedanken an Spanien, so vermutete ich anfangs. Bei dem bekannten Motorgeräusch zuckte sie zusammen. Ihre Augen flogen zur Tür. Wenn Großvater leicht schwankend hereinkam, trat für die nachfolgenden Stunden auch das Grauen für Abuela mit ein. Er stieß meine geliebte Großmutter vor sich her ins Schlafzimmer. Ich hörte in meiner Kammer das Bett knarren. In Angst um Abuela flehte ich meine Eltern im Himmel an, Gott zu bitten, Abuela und mich nach Spanien flüchten zu lassen.

Es war das Wochenende, an dem Abuelas Geburtstag auf den Sonntag fiel. Ich bereitete diesen Tag für sie so festlich vor, wie ich es vermochte. Am Abend erschien sie mir auffallend nervös. Ich saß in meinem Zimmer vor dem Spiegel. Abuela bürstete mir die Haare. Wir hörten das ungewohnte Motorgeräusch gleichzeitig. Im Gegensatz zu sonst erstarrte Abuela regelrecht. Sie hielt inne. Ich schaute sie forschend durch den Spiegel an. Beide lauschten wir nach draußen. Es war nicht Großvaters alter Diesel. Dieser Motor lief fein surrend wie eine Katze. Ein Taxi. Das bedeutete, er war volltrunken. Die Haustür fiel krachend zu.

„Marta!!!"

Abuela schloss die Augen. Ihre Lippen zitterten.

„Marta!! Wo steckst du, du spanische Hure!!"

Die Haarbürste fiel ihr aus der Hand auf den Boden.

„Geh rasch ins Bett und schließ auch die Ohren, mein Kind."

Die Angst um Abuela verschnürte mir die Kehle, so nickte ich nur. Es würde nicht nur das Bett knarren. Wenn Sie unter seinen Schlägen aufschrie, hielt ich mir die Ohren zu.

Am nächsten Morgen lächelte sie mir zu, ein Auge blutunterlaufenen, ihre linke Gesichtshälfte geschwollen. Am Mittag vernahm ich durch die offene Kellertür, wie sie unten herumwühlte. Besorgt stieg ich leise die Treppe hinunter und blieb im Türrahmen stehen. Im schummrigen Licht der Deckenlampe sah ich, wie sie einen Krug aus einem Karton hervorholte. Ein unerklärliches Gefühl in mir ließ mich umdrehen und die Stufen wieder hinaufhuschen.

Kurze Zeit später stand das Gefäß auf der kleinen Anrichte neben der Tür zur Veranda. Ich betrachtete dieses uralte Exemplar eines Tonkruges.

„Ist der aus der Steinzeit?" Ich lugte in den Krug. Weingeruch stieg mir in die Nase. Ich verzog den Mund.

Großvater nahm das neue Behältnis erstaunt zur Kenntnis. Abuela lächelte.

„Es verstärkt das Aroma des Weines, wenn er eine Zeit lang offen darinsteht."

Auf der Anrichte fand er seinen ständigen Platz, immer gefüllt mit Wein. Ich schenkte dem Krug keine Beachtung mehr.

Ein paar Wochen später erkrankte Großvater an Übelkeit und Erbrechen, ohne zu fiebern. Abuela rief nach dem Arzt, der eine Magenschleimhautentzündung diagnostizierte. Er verordnete Ruhe und Flüssigkeitszufuhr. Der Krug fand seinen Platz auf Großvaters Nachttisch, immer gefüllt mit Mineralwasser, dem Abuela zur Geschmacksverbesserung Apfelsaft zufügte. Fürsorglich flößte sie ihm die angeordnete Menge Flüssigkeit ein.

Zu dieser Zeit saßen wir abends, wenn die Tage es erlaubten, in Decken eingehüllt auf der Veranda, und sie lehrte mich spanisch. Großvaters Verfassung besserte sich nicht. Appetitlosigkeit plagte ihn. Entweder lag er lethargisch in seinem Bett oder reagierte auf alles mit erhöhter Reizbarkeit. Abuela verabreichte ihm weiterhin täglich die vom Arzt angeordnete Flüssigkeit. Nach drei Wochen fiel er in einen komatösen Zustand, wie Abuela mir erklärte. Er wurde ins Krankenhaus eingeliefert. Abends, wenn ich im Bett lag, sprach ich lange mit den Eltern im Himmel. War das die Antwort auf meine Bitte an sie, bei Gott Hilfe für uns zu erflehen?

Im Krankenhaus fanden die Ärzte im Blutbild Hinweise auf eine Bleivergiftung. Abuela und ich saßen an seinem Krankenbett, als er einen epileptischen Anfall bekam und in tiefe Bewusstlosigkeit fiel. Trotz einer sofort eingeleiteten Behandlung starb Großvater drei Tagen später.

Die Polizei suchte im Haus nach der Vergiftungsquelle. Abuela schüttelte verständnislos den Kopf, die Beamten ebenfalls.

„Die Diagnose lautet Bleivergiftung«, bellte einer der Ermittler aufgebracht. »Im Urin wurde eine Bleikonzentration festgestellt und zwar hundertfach höher als der Normalwert".

Abuela berichtete, was Großvater zu sich genommen hatte und woraus. Die Beamten gingen. Am nächsten Tag kamen sie erneut und forderten den Tonkrug. Abuela übergab ihn ohne ein Wort.

Am folgenden Tag erschienen sie abermals und verlangten Informationen über den Krug. Wie alt er genau sei, woher sie ihn habe und wie lange Wein und Apfelsaftgemisch darin verweilt hätten? Abuela beantwortete alle Fragen gelassen. Erstaunt erfuhr ich, dass sowohl der Wein als auch der verdünnte Apfelsaft nach dreistündiger Aufbewahrung in diesem Krug 175 mg/l Blei enthielten. Weiterhin, dass sich in altem Steingut mehr als 50 Prozent toxische Konzentrationen von Blei freisetzten, die durchaus zu schweren und tödlichen Vergiftungen führen könnten. Ob ihr das nicht bekannt sei? Abuela schüttelte den Kopf und sah den Beamten traurig an. Er starrte stur und forschend in ihre Augen.

In diesem Fall ist die Bleiabgabe zu hoch gewesen."

„Abuela", flüstere ich und streichel ihr erschrockenes Gesicht. Ich drücke das Foto an meine Brust, steige langsam die schmale Treppe hinauf in das erste Stockwerk und gehe zum Fenster. Von hier aus habe ich über die Dächer der anderen Häuser hinweg einen freien Blick auf die Bucht von Palma. Die Sonne versinkt feuerrot im Meer. Erneut schaue ich das Foto an, verweile lange auf ihrem Gesicht, starre auf den Krug in ihren Händen. Meine Mundwinkel ziehen sich zu einem breiten, wissenden Grinsen auseinander. An diesem Geburtstag hatte sie sich selbst ein Geschenk bereitet, Großvaters Tod. Der Tonkrug, er hat meiner geliebten Großmutter viele glückliche Jahre in der Heimat geschenkt, und ich verdanke ihm die

Insel, auf der ich lebe, der mein Herz seit dem neunten Le-
bensjahr gehört.

9. Die schöne Samanta

Über dem kleinen Städtchen am Rhein stieg die Sommersonne auf und versprach erneut einen heißen Tag. Alfredo Sommerfeld schaukelte auf dem Rücken liegend, einige Meter entfernt von der historischen „Brücke von Remagen", in den sanften Wellen des Rheinufers. Sein Tod war erst letzte Nacht eingetreten. Mund und Augen standen offen, in seinem Gesicht ein Anflug von Überraschung. Eine fransige Einschusswunde klaffte in der linken Brust. Die Kugel hatte sein Herz durchlöchert. In der felsigen Ansammlung der Steinbrocken im flachen Uferwasser war Alfredos Leiche hängen geblieben, sonst wäre sie zu diesem Zeitpunkt bereits weit flussabwärts getrieben.

Kriponeuling Peter Kleinow vom Kommissariat 11 aus Koblenz war angereist und starrte mit finsterer Miene auf den leblosen Körper im Wasser. Der neben ihm stehende Remagener Polizist Heribert Bander betrachtete ebenfalls die Leiche und bemerkte trocken. „Alfredo Sommerfeld, er war Remagens reichster Playboy und größtes Arschloch."

Kurze Zeit später saß Kleinow hinter dem ihm zugewiesenen Schreibtisch in dem flachen Gebäude der Polizeiinspektion Remagen und schien komplett überfordert. Mehr als hundert Mal war er die Geschichte durchgegangen. Samanta Sommerfeld war der Polizei keine Unbekannte. Gegen sie war in zwei anderen Fällen ermittelt worden. Kleinow blätterte nachdenklich in ihrer Akte. Die schöne Samanta Sommerfeld, „schöne" wie eine Warnung auf einigen Seiten mit gelbem Textmarker gekennzeichnet, war bisher nicht zu packen gewesen. Mit Alfredo, den sie, wie Kleinow in Erfahrung gebracht hatte, in der Pizzeria da Franco an der Remagener Rheinpromenade kennengelernt hatte, war sie in dritter Ehe verheiratet. Damals sprach die ganze Stadt von ihr und amüsierte sich darüber, weil sie ausgerechnet Alfredo gezähmt und in den Hafen der Ehe geschleppt hatte. Wie seine beiden Vorgänger war er ebenfalls ums Leben gekommen:

Der Erste war vor drei Jahren in Köln verschieden. Betrunken die Kellertreppe hinuntergestürzt. Sie erbte und die Baubranche verlor einen ihrer größten Ganoven.

Der Zweite überlebte einen Fehltritt im Drachenfels nicht. Samanta erbte erneut und Königswinter verabschiedete sich von einem seiner miesesten Hoteliers.

Und Alfredo starb durch einen Schuss in die Brust: ein eindeutiger Mord. Samanta würde abermals erben und die Stadt Remagen büßte einen verrufenen Playboy ein.

In allen drei Fällen wies Samanta Sommerfeld ein hieb- und stichfestes Alibi vor. Ebenso hieb- und stichfest wie die

Tatsache, dass sie jedes Mal Männer mit zweifelhaftem Charakter geehelicht und wieder verloren hatte.

Gegen Mittag verhörte Kleinow sie. Samanta erschien ihm keineswegs unglücklich. Er musterte ihre südländischen Gesichtszüge, das fett markierte Wort "schöne" aus ihrer Akte im Kopf und fand die Bezeichnung weit untertrieben. Kleinow gestand sich ein, bisher kein derart unvergleichliches weibliches Geschöpf gesehen zu haben mit Augen, die Blicke aufsaugten. Ihr Gesicht, vollendet in seiner Ebenmäßigkeit, war von dichten schwarzen Locken umrankt, die ihr über die Schultern fielen. Er war froh, dass sie nicht diese gewisse Unschuld an sich hatte, die er an Frauen so liebte, sonst hätte er sich an Samanta Sommerfeld verloren. Kleinow fragte sich, ob sie auf ihre persönliche Art dazu beitragen wolle, die Welt etwas besserer zu gestalten, indem sie diese von ein paar Schurken befreite.

Sie saß direkt vor ihm auf dem abgewetzten Stuhl und sah ihn aus ihren nachtschwarzen Augen mit so eisigem Hochmut an, dass er nahe daran war, verstört aufzugeben. Kleinow kämpfte dagegen an, aber ihre schlanken, braun gebrannten Beine, von denen nur die obersten zwanzig Zentimeter von einem weißen Minirock bedeckt waren, hielten seinen Blick gefangen. Die nachfolgenden Worte quälten sich über seine Lippen.

„Sie können gehen, aber halten Sie sich weiterhin bereit."

Kaum fiel die Tür hinter ihr ins Schloss, fuhr er sich mental erschöpft mit den Händen durch seine blonden Haare. Er versuchte, nachzudenken. Überlegte, wie ihre Ehemänner nacheinander ins Grab gebracht wurden. Samanta Sommerfeld, diese Person, die ihn völlig vereinnahmte. Bei deren Bild vor Augen er vor Erregung errötete. Durch die Hitze war es stickig in dem kleinen Büro. Der Ventilator surrte Kleinow in den Ohren. Die aufgewirbelte Luft schaffte es nicht, sein aufgeheiztes Gemüt abzukühlen.

Er fragte sich, ob er seine Ausbildung wiederholen sollte. Kollege Heribert Bander, seit zwanzig Jahren wenig erfolgreich im Dienst, zeigte sich von der besten Seite. Er klopfte ihm auf die Schulter und meinte lapidar.

„Sie werden das schon schaffen. Die kriminalistische Arbeit steckt voller Wunder. Nur eins tritt oft nicht ein, das Wunder der Beförderung." Damit wandte er sich ab.

Kleinow hing weiter den Gedanken an Samanta und Alfredo Sommerfeld nach. Der Mörder schien unter der Brücke von Remagen unmittelbar an der Ufermauer Leinpfad direkt vor seinem Opfer gestanden und es aus nächster Nähe erschossen zu haben. Und zwar so, dass es sofort hintenüber in den Fluss gefallen und in den Steinen hängen geblieben war. Gemäß der Überraschung in Alfredo Sommerfelds Gesicht zu urteilen, hatte er den Täter oder die Täterin gekannt und einen Angriff nicht erwartet. Weder die Tatwaffe noch Kugel, die nach dem Durchschuss im Flussbett gelandet zu sein schien, waren bis heute gefunden worden. Und Samantas Alibi war wasserdicht. Zur Tatzeit des Mordes hatte sie auf der Rheinpromenade von Remagen in der Pizzeria da Franco auf der Terrasse gesessen, umgeben von mindestens sechs Personen, die das bezeugten.

Kleinow hasste seinen Job. Die ständig weitervererbten Zwänge der Familie: Sein Vater war bei der Kripo gewesen, sein Großvater und sein Urgroßvater. Und an Vaters Tod hatte Kleinow sich verpflichtet, der Bitte nachzukommen, ein anständiger, erfolgreicher Polizist zu werden. Aber ob er sie auch erfüllen würde ...? Seiner Mutter nachzueifern, eine echte Bayerin, die nach Vaters Tod in den Alpen einen kleinen Hof bewirtschaftete, hätte eher zu ihm gepasst. Auf einem eigenen Bauernhof in der malerischen Bergwelt Hühner züchten, Kühe melken und die Landschaft genießen. Kleinow schob die Vorstellung weg. Er hasste es, Bulle zu sein. Eines Tages ..., so träumte er, als die Tür aufflog und Kollege Bander ins Zimmer trat.

„Vielleicht gibt es sie ja doppelt", scherzte er in Kleinows Trübsal hinein. „Ha!" Er schlug Kleinow so heftig auf die Schulter, dass dieser zusammenzuckte. „Wenn die eine mordet, lässt sich die andere zur Alibiabsicherung öffentlich blicken."

Kleinow fuhr wie elektrisiert vom Stuhl hoch. Er starrte Bander an und winkte ab. „Blödsinn, das wäre ja wie in einem schlechten Film."

Aber seine Ruhe war dahin.

Kleinow war glücklich, endlich nach einer Woche eine junge Dame ins Revier zu bitten, die sich auf eine Affäre mit Alfredo Sommerfeld eingelassen hatte. Nach der Vernehmung stand fest: Es war kein Motiv erkennbar, Alfredo zu ermorden.

„Er litt unter der Gefühlskälte seiner Frau,« hatte sie ausgesagt, „und mir erklärt, sich von ihr zu trennen und das Testament zu ändern."

So gab es für Samanta einen Grund mehr, ihn zu töten.

„Sie hat einen Mörder gedungen", meinte Kleinow überzeugt zu Kollege Bander.

Aber selbst das war ihr nicht nachzuweisen. Samanta Sommerfeld war nicht zu fassen.

Mittlerweile regelte sie ihre Erbschaft, bot das Haus zum Verkauf an und lenkte Alfredos Jaguar mit hoch erhobenem Haupt durch Remagen. Kleinow sah sie einmal aus dem Bürofenster vorbeifahren, verwünschte seinen Job und träumte sich weit weg auf ein abseits gelegenes Plätzchen, umgeben von Wiesen, Bergen und blauem Himmel. In Remagen regnete es seit Tagen. Kleinow schüttelte sich.

Aus Verzweiflung entschloss er sich, der Möglichkeit einer Doppelgängerin Samantas nachzugehen.

„Da muss ich ins Archiv", stöhnte die Mitarbeiterin des Düsseldorfer Krankenhauses. Kleinow wanderte unterdessen in dem Büro hin und her. Der Schriftzug *No panic* flackerte ihm vom Bildschirmschoner entgegen.

Nach langen zehn Minuten öffnete sich die Tür wieder.

„24. Oktober 1983, sagten Sie doch?"

Kleinow nickte erwartungsvoll. Er starrte auf das Dossier in den Händen der Sekretärin.

„Und ...?"

„Langsam, warten Sie, wir hatten mehrere Geburten an dem Tag - hier ist es - um zwölf Uhr einunddreißig Samanta Haries und um zwölf Uhr fünfundvierzig Miriam Haries."

Kleinow schloss für Sekunden die Augen. Verflixt, Bander hatte Recht, ihm stand für die Idee eine Beförderung zu.

„Aber", fuhr die Büroangestellte fort, „der eine Zwilling, so steht es hier, ist zwei Tage nach der Geburt gestorben."

Eine Stunde später stand Kleinow vor dem Grab des Säuglings Miriam Haries.

Eine weitere Stunde später betrachtete Kleinow befremdet den schäbigen Wohnblock. Angeekelt schritt er auf die verschmierte Haustür zu. War das möglich? Das Namensschild Ruth Haries neben dem vergilbten Klingelknopf bestätigte es.

Die Frage, wer da sei, schrillte durch die knarrende Türsprechanlage. Kleinow stellte sich knapp vor. Es blieb eine geraume Weile still, ehe es surrte und er die Tür aufdrückte. Eilig nahm er die Stufen bis in den zweiten Stock und stand vor einer verlebten Mittsechzigerin, die so nach Alkohol stank, dass sich Kleinows Magen umkehrte. Er zeigte ihr seinen Dienstausweis. Ruth Haries betrachtete ihn mit ihren dunkel umrandeten Augen wie ein Bild. Kleinow folgte ihr in ein kleines, mit spärlichen Möbeln ausgestattetes Wohnzimmer.

„Es geht um Ihre Zwillinge, 1983 geboren", erklärte Kleinow ungelenk. „Woran ist Samantas Schwester denn gestorben?"

Ruth Haries sah ihn mit großen Augen an, schluckte mehrmals, ehe sie sich umdrehte und zur gegenüberliegenden Kommode wankte. „Was für 'ne Frage", stellte sie mit zitternder Stimme fest.

Auf der Anrichte standen aufgereiht mehrere Flaschen Alkohol. Ruth Haries griff die mit dem Weinbrand, schwenkte kurz ihr gefülltes Glas, kippte den Inhalt hinunter und drehte sich wieder Kleinow zu.

„Miriam?, die lag am zweiten Morgen tot in ihrem Bettchen. Plötzlicher Kindstod, meinten die Är...“

Ihre Stimme brach. Ruth Haries wandte den Blick ab. Kleinow senkte die Augen. Leise fragte er: »Und Samanta?“

“Samanta“, nuschelte Ruth Haries, „das ist 'n Luder. Die ist mit achtzehn abgehauen. Die hasst mich, weil ich“, sie hob ihr leeres Glas, „na, Sie verstehen schon, hab 'se das letzte Mal vor ungefähr drei Jahren gesehen. Später mal in 'ner Zeitung, wegen ihrer Kerle.“

„Und - was ist mit ihrem Vater?“

„Es gibt nur 'n Erzeuger.“

Resigniert fuhr Kleinow zurück nach Remagen. Es gab keine zweite Samanta. In der Polizeiinspektion herrschte helle Aufregung, als er müde und lustlos seinen Schreibtisch aufsuchte.

„Na endlich“, fauchte Bander, „warum hatten Sie ihr Handy nicht an? Ich habe bestimmt zehnmal versucht, Sie zu erreichen.“

„Was gab's denn so Dringendes?“

„Samanta Sommerfeld ist tot“, flötete Bander mit sensationsträchtigem Unterton in der Stimme.

Peter Kleinow starrte seinen Kollegen an.

„Die schöne Samanta?“, murmelte er.

„Ja, die schöne Samanta. Sie ist in ihrem Jaguar verunglückt, lebte noch, als sie die Klinik erreichte, dann, peng. Ende."

Bander schien es sichtlich zu genießen, seinen jungen Kollegen derart aus der Fassung zu sehen. Kleinow brachte noch immer kein weiteres Wort heraus. Als er endlich begriff, meinte er nur trocken.

„Dann wird der Fall wohl ungelöst zu den Akten gelegt werden."

Bander schien die Äußerung überhört zu haben.

„Ich habe noch eine Neuigkeit zu bieten. Ihre Erbschaft geht komplett an eine Stiftung für alkoholgefährdete Jugendliche, die sie selbst nach dem Tod oder vielleicht besser gesagt nach der Ermordung ihres ersten Mannes gegründet hat." Bander lachte. „Der Engel Samanta Sommerfeld."

Kleinow dachte an ihre alkoholsüchtige Mutter.

Noch nach Wochen kreiste ihm der Fall der schönen Samanta im Kopf herum. Ein neuer Mordfall in Koblenz plagte ihn und der Gedanke, den geheimen Traum zu verwirklichen, festigte sich von Tag zu Tag mehr. Als er sich endlich entschloss, seine unliebsame Tätigkeit zu quittieren, erschien es ihm dennoch zu überstürzt. Vater musste ihm verzeihen.

Er fuhr zur Erholung in die Alpen. An einem der Tage kehrte er in ein kleines Dorfcafé ein. Vor ihm auf dem Tisch lag das Regionalblättchen. Für Sekunden setzte sein Herzschlag aus. Er vermutete, einer Täuschung aufzusitzen. Kleinow starrte auf die schwarzweiße Abbildung. Kein Trugbild. Er erkannte sie deutlich. Samanta Sommerfeld lachte ihm entgegen. Er betrachtete das Foto. Sie erschien ihm anders. Das Bild zeigte sie hockend. Ihre Beine, die ihm lebhaft in Erinnerung waren, steckten in einer weiten Arbeiterhose. Sie schien Hühnerfutter zu verstreuen, denn er sichtete zwei Hühner in ihrem Umfeld. Sie war nicht tot. Wer lag dann auf dem Remagener Friedhof neben Alfredo? Wie war es ihr möglich gewesen, die Polizei am Unfallort sowie die Ärzte dermaßen hinters Licht zu führen? Nein, er wollte es nicht glauben. Kleinow winkte der Bedienung.

„Sagen Sie, diese Frau", er zeigte auf das Foto, „ist die hier aus der Gegend? Kennen Sie sie vielleicht?"

Die Bedienung lächelte.

Der Hof lag abgeschieden. Mühsam fraß sich sein Wagen die Windungen der schmalen Straße entlang. Diesmal würde sie ihm nicht entkommen. Diesmal würde er sie fassen. Angespannt drückte er das Gaspedal durch. Direkt nachdem er sein Ziel erreicht hatte, blieb ihm der Mund offenstehen. Vor ihm lag sein Traum-Öko-Bauernhof. So, genauso, hatte er ihn sich vorgestellt. Mit einem prächtigen Vorhof mit einladenden

Sitzgruppen zwischen dicken Blumenkübeln. Ein Schild wies das Gehöft als Pension aus.

Kleinow klopfte heftig um Einlass. Ihm schwirrte der Kopf.

Die Tür öffnete sich weit, und er schaute in ihr Gesicht. Die Haare hatte sie zu einem Pferdeschwanz gebunden, seitlich ihrer Wangen ringelten sich ein paar Korkenzieherlöckchen. Sie sah ihn mit genau dieser gewissen Unschuld an, die ihn bei Frauen so faszinierte. Samanta lächelte, schien weder überrascht noch zeigte sie irgendwelche Anzeichen des Erkennens. Kleinow trat irritiert einen Schritt zurück.

„Sie hätten Schauspielerin werden sollen", knurrte er bewundernd.

Sie neigte den Kopf und verzog fragend den Mund.

„Kann ich Ihnen weiterhelfen? Möchten Sie ein Zimmer mieten?"

Kleinow griff ins Innere des Jacketts, wo gewöhnlich sein Dienstausweis gesteckt hatte. Wie gerne hätte er ihr den jetzt unter die Nase gehalten und den Augenblick genossen, in dem ihr Gesicht schlagartig die Züge der Unschuld verlor und wieder in Hochmut überging. Doch in der nächsten Sekunde besann er sich und zog seine Hand zurück.

„Ja natürlich, ein Zimmer, richtig."

Insgeheim war er gespannt, wie weit sie gehen würde, die schöne Samanta. Eine ältere Frau, bestimmt die siebzig überschritten, trat hervor.

„Mama, der Herr bekommt den kleinen Raum neben dem Stadel."

Kleinow riss die Augen auf. Hatte sie Mama gesagt?

In seinem Zimmer wählte er auf dem Handy die Nummer der Remagener Polizei, schaltete es nach dem ersten Tuten gleich wieder aus und ließ sich aufs Bett fallen. Was war nur los mit ihm? Er hatte ihnen melden wollen, dass Samanta Sommerfeld lebt. Aber die würden ihn für verrückt halten, und außerdem war er nicht mehr im Dienst. Und Samanta war tot. Dennoch brauchte er Gewissheit. Aus dem winzigen Fenster sah er, wie sie in einen klapprigen VW Cabrio stieg und die Bergstraße hinunterfuhr.

Kleinow beabsichtigte bei „Mama" anzufangen und ließ sich von ihr einen Kaffee nach draußen servieren. „Wie sind Sie nur von Düsseldorf in die Alpen gekommen?", brach es aus ihm hervor.

Mama fiel praktisch von selbst auf den Stuhl ihm gegen-über. Erstaunt blinzelte sie ihn an.

Woher wissen Sie, dass wir aus Düsseldorf kommen?"

„Oh, ich meine, Ihre Tochter hätte so etwas erwähnt", log Kleinow geschwind.

Mama gab sich zufrieden.

„Der Hof hier, das alles, das war Salinas Idee."

„Salina", formte Kleinow tonlos nach. Ein klangvoller Name.

"Eines Tages verspürte sie den Drang, sich zurückzuziehen, einfach und ruhig zu leben."

„Wann eines Tages?", fragte Kleinow scharf. Er bemerkte den irritierten Blick der Frau, nahm sich sofort zurück und fügte verbindlich hinzu. "Kommt das so einfach über einen?"

Mama lachte.

„Es war so ungefähr vor drei Jahren."

Vor drei Jahren, überlegte Kleinow, war Samantas erster Mann ums Leben gekommen.

„Wir kamen plötzlich zu Geld. Salina hat mir nie gesagt, woher. 'Geheimnis, Mamilein', hat sie immer geschmunzelt, wenn ich sie darauf angesprochen habe."

„Hmm", brummte Kleinow und nickte bedächtig.

„Natürlich fährt Salina auch hin und wieder in die Stadt, wo eine junge Frau ja auch hingehört", erläuterte Mama ihm lächelnd. „Aber jetzt war sie schon länger nicht mehr fort, fast schon über drei Monate nicht mehr, wenn ich so nachdenke."

Kleinow nippte gedankenvoll an seinem Kaffee. In der Nacht auf den 6. Juni wurde Alfredo ermordet. Heute war Samstag, der 18. September. Das waren über drei Monate.

„Ach wissen Sie", strahlte Mama ihn an, „sie ist so ein reizendes Mädchen."

„Oh ja, das ist sie, Sie lieben Ihre Tochter wohl sehr."

Mama setzte sich abrupt aufrecht und beugte sich vor.

„Ich verrate Ihnen etwas", flüsterte sie. „Salina ist eigentlich meine Enkelin."

Kleinow war überrascht. Die Frau hob leicht die Schultern, als wolle sie sich für das, was folgte, entschuldigen.

„Meine Tochter kam früh ums Leben, ich habe Salina aufgezogen und deshalb sagt sie Mama zu mir."

Kleinow wurde es fast schwindelig. Er hatte also doch mit Samantas Mutter in Düsseldorf gesprochen.

"Kennen Sie eine Ruth Haries?"

Täuschte er sich oder hatte er sich das Flackern in ihren Augen nur eingebildet? Mama erhob sich unvermittelt und nestelte an ihrer Schürze.

„Ich habe mich schon lange genug aufgehalten", murmelte sie.

Kleinow sah ihr nach, wie sie im Gebäude verschwand. Er hielt sich nicht für einen ausgefuchsten Polizisten, aber in ihm war alles hellwach. Und er war sicher, der Name Haries hatte der alten Dame etwas gesagt. Er folgte ihr ins Haus. Sie stand, ihm den Rücken zugewandt, mit hochgezogenen Schultern und aufgestützten Armen an der Küchenspüle. Er räusperte sich. Langsam drehte sie sich um. Er wiederholte seine Frage.

„Was sagt Ihnen der Name Haries?"

Die Frau holte tief Luft.

„Was interessiert Sie das überhaupt? Wieso fragen Sie mich nach diesem Namen?", wunderte sie sich, „sollte er mir denn etwas sagen?"

Seine Hand zuckte, wollte erneut unters Jackett an den Dienstausweis.

„Ich bin von ..." Kleinow unterbrach sich rasch. „Ich kenne Ruth Haries", erklärte er dann in einem Tonfall, der mehr vermuten ließ. Mama sackte kaum merklich in sich zusammen.

„Sie ist Salinas Mutter", kam es fast tonlos über ihre Lippen.

Kleinow drohte es erneut schwindelig zu werden. Somit lebte die Zwillingsschwester. Aber wer lag dann in dem Säuglingsgrab auf dem Düsseldorfer Friedhof? Was würde er hier aufdecken – nach so vielen Jahren? Er schob Mama einen Stuhl hin und drückte sie darauf. „Sprechen Sie einfach", forderte er sie umsichtig auf.

Er hörte sie tief durchatmen, ehe sie den Kopf hob und ihn anschaute.

„Ich arbeitete damals als Krankenschwester auf der Säuglingsstation in dem Krankenhaus. Ruth Haries wurde eingeliefert und fast zeitgleich meine Tochter. Die eine gebar Zwillinge, die andere ein Mädchen. Ruth Haries war bei der Einlieferung stark angetrunken. Sie trank auch heimlich im Wochenbett. Ihre Babys taten mir unendlich leid. Dann geschah das

Unfassbare, meine kleine, süße, winzige Enkelin starb, ihr Herz hatte einfach aufgehört zu schlagen. Alle drei Babys hatten pechschwarze Haare gehabt und waren kaum zu unterscheiden. Ich habe einfach die Armbändchen abgeschnitten und ihnen neue mit den entsprechenden Namen umgelegt. Dann habe ich die Babys ausgetauscht, ja – und so kam ich an Salina. Werden Sie mich jetzt anzeigen?"

Kleinow schüttelte den Kopf.

»Strafrechtlich ist die Sache längst verjährt und zivilrechtlich wird es wohl kaum noch jemand interessieren." Draußen hörte er den alten VW vorfahren. „Den Rest muss mir Salina erzählen."

Mama lief eilends an ihm vorbei zum Auto. Kleinow stand einige Meter entfernt an einem der Tische. Die beiden flüsterten sich etwas zu. Gleich darauf schlich Mama bedrückt zurück ins Haus. Salina stieg aus, ihren Blick starr auf ihn gerichtet. Die langen Beine in der flattrigen weißen Leinenhose schritten auf ihn zu. Kleinow hörte sein Herz hinten im Hals klopfen. Seine Hände waren feucht. Ohne es zu beabsichtigen, sah er ihr mit uneingestandener Zärtlichkeit entgegen. Als sie vor ihm stand und ihn mit ihren tiefgründigen Augen ansah, versank er für einen Augenblick in ihrer schwarzen Unendlichkeit, wünschte, er könne mit ihr davon schweben. Doch so sehr er auch sein Herz an sie verloren hatte. So sehr sie ihn anlächelte mit dieser Unschuld um die Mundwinkel, die ihm deutliche Sympathie signalisierten - es war seine Pflicht, sie mit der Leiche im Rhein zu konfrontieren. Und ohne, dass er sie überhaupt zu fragen brauchte, war er sicher, dass sie zur Tatzeit in der Pizzeria da Franco gesessen und Samanta den Mord begangen hatte. Er war nur noch auf eines neugierig.

„Wie sind Sie mit Ihrer Schwester zusammengetroffen, von der sie ja nichts gewusst haben?«

Salina zauderte mit der Antwort, zog einen Stuhl heran und setzte sich.

„Mama weiß überhaupt nichts von alledem. Ich könnte ihr niemals wehtun, verstehen Sie?"

„Wie ...?", hauchte Kleinow heiser. „Wie haben Sie sich kennengelernt? Zwei Menschen, die nichts voneinander ahnten. Wie?" Die Frage brannte auf seiner Seele. „Gibt es so ein Schicksal?", sagen Sie es mir."

Salina strich sich die lockigen Strähnen hinter die Ohren und ließ ihr Gesicht in den Händen ruhen. Zögernd kamen die ersten Worte über ihre Lippen.

„Es war an einem kalten, feuchten, diesigen Novembertag. Damals habe ich als Kassiererin in einem Supermarkt in Düsseldorf gearbeitet. Mir ging es schlecht. Ich steckte in einer unglücklichen Beziehung." Die Erinnerung schien sie einzuholen, sie fuhr sich durchs Gesicht. „Halb betäubt vom dumpfen Schmerz in der Magengegend - mein Freund hat mich vorzugsweise immer dorthin geschlagen, wenn er betrunken war - zog ich an dem Tag die Lebensmittel über den Scanner. Plötzlich hielt eine Hand die Packung Spaghetti fest, die ich greifen wollte. Ich sah auf. Mir stockte der Atem. Ich traute meinen Augen nicht. Sekundenlang starrten wir uns an. Samanta fing sich zuerst."

„Wann hast du Feierabend", fragte sie knapp und wartete abends draußen auf mich. Von dem Augenblick an hat sich mein Leben vollkommen geändert, und Sie wissen, inwiefern. Unvermittelt füllten sich ihre Augen mit Tränen, die ihr bald über die Wangen liefen. „Ich habe damals auch meine richtige Mutter kennengelernt. Wie sie lebt, ist schlimm für mich, und ich denke oft daran, sie eines Tages dort wegzuholen." Salina sah ihn bekümmert an. „Sie hielt mich für Samanta, und ich ließ es dabei. Nicht nur wegen Mama. Salina kniff die Lippen zusammen und schüttelte ihren Kopf. „Dass Samanta tot ist, tut mir entsetzlich weh. Aber ich werde die Stiftung weiterführen - und – wenn Sie mich nicht vor Gericht zerren, weiterhin in Ruhe leben."

„Haben Sie gewusst, was Ihre Schwester – zwar nicht nachgewiesen aber vermutlich getan hat - während Sie ihr die Alibis gestellt haben?"

„Sie hat nie mit mir ...", Salina schluckte, „... darüber gesprochen, wessen Sie beschuldigt wird. Samanta hat mir immer nur gesagt, wann ich wo zu sein hätte; was sie während dieser Zeit gemacht hat, weiß ich nicht."

Gut, dachte Kleinow, dann war es nur Strafvereitelung und nicht Beihilfe zum Mord. Er war kein Polizist mehr, und selbst wenn er sie anzeigen würde, was wollte man ihr nachweisen, da Samanta tot war?

Tage später servierte ihm Mama mittags draußen sein Essen: Leberkäs mit Bratkartoffeln. Salina - er nannte sie insgeheim Salimanta - setzte sich zu ihm und legte liebevoll einen Arm um seine Schulter. Er schaute sie verträumt an und versank für eine Weile in ihre nachtdunklen Augen, ehe sein Blick hinauf wanderte zu der eindrucksvollen Alpenlandschaft. Ein tiefer Seufzer ergriff ihn. Sein alter Herr da oben, er würde ihm verzeihen, dass er kein guter Polizist geworden war, dafür aber ein überglücklicher Bauer.

10. TIERISCH GUT

Ich heiße Lisa, bin Mitte zwanzig, blass geschminkt, schwarz gekleidet und mit dem knallroten Mund und meinem gesamten Erscheinungsbild eine einzige Provokation für die Umwelt. In dem kleinen Büro sitze ich Maria Engels, der „Kontaktadresse", gegenüber. Die Dame mittleren Alters lässt ihre Augen zunächst prüfend über die rosafarbenen Strähnchen im blonden Pony gleiten, mustert in der nächsten Sekunde erheblich reservierter mein Nasenpiercing. Doch die auffälligen Oberarmtätowierungen scheinen ihr den Rest zu geben. Ihrem Gesicht ist abzulesen, dass sie von mir nichts hält. Die Tätowierungen hätte ich ja mit einer Jacke abdecken können, was mir bei dreißig Grad Hitze nicht in den Sinn kam. Ich sehe regelrecht vor meinem geistigen Auge, was der Dame bei meinem Anblick im Kopf herumgeht.

Gedehnt fragt sie: „Wie sind Sie denn auf die Idee gekommen, sich bei unserem Verein zu melden?"

Ich schweige enttäuscht, hatte ich doch zumindest ein wenig angenommen, umgehend mit Begeisterung aufgenommen zu werden. Diese verdammten Vorurteile, denke ich.

Die Dame räuspert sich und hakt nach. „Ich meine, was ist Ihre Motivation?" Sofort fügt sie hinzu. „Wir freuen uns natürlich über jeden, der anderen, wie auch immer, helfen will. Nur

– wir wollen, bitte verstehen Sie mich nicht falsch, dass die Leute es ernst meinen und dann auch dabeibleiben."

Unverschämt, denke ich, da muss ich dagegenhalten. Ich bin verärgert.

„Was ist es? Meine Tätowierungen, mein Piercing, waaas ...?"

Maria Engels reißt die Augen auf. Ich komme in Fahrt. „Sie wollen meine Motivation wissen? Gut, ich sage sie Ihnen. Gehen Sie mit mir drei Monate zurück."

Einen Moment schweige ich, beuge mich zur Seite und kraule meine Schäferhündin Socke. Das Tier drückt sich vertrauensvoll an mein Bein.

„Meine Motivation ...", setze ich langsam an.

„Was sagten Sie ... studieren Sie noch?", fällt Maria Engels mir ins Wort.

Ich hebe den Kopf, schaue sie an. Sie beißt sie sich auf die Lippe.

„Oh, ich wollte Sie nicht ..."

„Theaterwissenschaft", antworte ich, schließe für einige Sekunden die Augen, sammle mich und erzähle ...

Der Stadtpark. Ich war wie häufig hier mit Socke unterwegs, genoss die schattigen Wege an diesem heißen Sommertag – und da kam sie wieder. Verhüllt. Mantel bis auf die Füße, Kopftuch.

Sie schob einen Kinderwagen. Ihr Blick richtete sich auf das kaum drei Jahre alte Mädchen darin. Es hielt seine rechte Hand merkwürdig verkrümmt nach hinten, den Kopf ungewöhnlich schräg. Ab und an zuckte der Oberkörper. Ich schaute weg, wie jedes Mal, wenn wir uns begegneten. Und das war häufig in den letzten Wochen. Unvermittelt ein Juchzen und Stakkato artige Laute. Ich sah erneut hin. Über die Lippen der Frau huschte ein scheues Lächeln. Sie nickte freudig. Was ich sah: Die Vorderpfoten meines Hundes lagen auf den Knien des Mädchens. Mit der gesunden Hand kraulte die Kleine das Fell des Tieres und quietschte dabei vor Vergnügen. Socke leckte dem Kind den Hals.

Drei Regentage vergingen, ehe wir uns abermals im Stadtpark begegneten. Socke ließ den Baumstamm, den sie soeben unter die Lupe nahm, links liegen, als sie die beiden erblickte. Mit freudigem Gebell sprang sie auf den Kinderwagen zu. Das gleiche Bild wie neulich. Ich bliebe stehen und beobachtete das Spiel eine Weile. Tiere kennen den geheimen Zugang zur Seele des Menschen. Sie fragen nicht nach Schönheit, sozialem Status oder dem Gesundheitszustand.

Die Kopftuchfrau sprach mich an, langsam, aber in passablem Deutsch:

„Ihr Hund schenkt meiner Kleinen große Freude. Samira liebt ihn und erzählt ständig von Ihrem Tier."

Ein Kopftuch, das Deutsch spricht. Welch abfällige Gedanken hegte ich. Diese junge Mutter mit dem behinderten Kind verwirrte mich. Ich pfiff nach Socke. Der Hund, so überlegte ich, antwortet direkt auf die Liebe und Freude, die ihm das kleine Mädchen entgegenbrachte. Und was tat ich?

Die dunklen Augen unter dem Kopftuch der Frau verfolgten mich: Ihre einnehmende Mimik, die fremdartigen aparten Gesichtszüge, das scheue Lächeln der schmalen verhüllten Gestalt, die fast akzentfreien Worte, die sie an mich gerichtet hatte.

Ich suchte ihre Nähe. Unsere Spaziergänge wandelten sich in gemeinsame. Die verwunderten oder herablassenden Blicke der Leute störten mich nicht. Sie sahen und hörten, wie Samira quietschte, wenn sie mit Socke auf der Wiese herumtollte. Ich war glücklich. Durch Socke hatte sich mein Herz geöffnet für ein kleines behinderten, afghanischen Mädchen.

Durch Reshta, seine Mutter, lernte ich etwas über ihr Heimat kennen. Ich erfuhr von den Schrecken der Flucht, der Verzweiflung, dem Heimweh, der Sehnsucht, den Erwartungen an mein Land.

„Es ist hart und fremd."

Ich halte in der Erzählung inne. Maria Engels nickt, schweigt, sieht mich dabei an, als sei die Geschichte nicht zu Ende. Sie hat recht. Mit fester Stimme fahre ich fort.

„Helfen, das ist dank Reshta für mich ein Wort mit tiefer Bedeutung geworden. Helfen gibt viel zurück. Helfen bedeutet, zu erleben, wie Samira durch meinen Hund inzwischen ein aufgeschlossenes und fröhliches Kind geworden ist. Frau Engels, auch für andere Kinder könnte es so sein - nämlich teilzunehmen an dieser besonderen Freude, die eben nur ein Tier geben kann."

Maria Engels nickt. Sie sieht mich jetzt anders an als zu Beginn.

Ich sage: „Und deshalb möchte ich Ihrem Verein „Tiere helfen Menschen" beitreten."

Die „Kontaktadresse" erhebt sich und reicht mir über den Schreibtisch hinweg die Hand. „Sie sind herzlich willkommen!"

11. Miriams Doppel

Miriam Esser schaute von der anderen Straßenseite zu dem Café hinüber. Sie erkannte ihn. Er saß an einem kleinen runden Tisch direkt hinter der Fensterfront. Und jetzt, beim Überqueren der Straße, bemühte sie sich, seine Aufmerksamkeit auf sich zu lenken. Sie fiel hin, richtete sich auf und für Sekunden trafen sich durch die breite Glasfront ihre Augen. Der Blick in sein Gesicht versetzte ihr einen Stich ins Herz. Sie sah, wie er verblüfft zu ihr hinüber starrte und den Kopf schüttelte. Einen Schluck aus der Kaffeetasse nahm, sie wieder zurück auf den Tisch stellte und erneut in ihre Richtung aufsah. Doch sie war um die nächste Ecke verschwunden.

Ihre Beine zwangen sie, eine längere Weile zu verharren. Ihr Herz klopfte bis zum Hals. Im Flugzeug war sie ihren Plan abermals akribisch durchgegangen, ohne dass der Gedanke an ihn irgendwelche Emotionen in ihr hervorgerufen hatte.

Miriam spähte um die Ecke, sah ihn das Café verlassen und mit raschen Schritten über die Straße zu einer Limousine eilen. Zwanzig Jahre - und ihre Gefühle schlugen hohe Wellen für ihn. Doch jetzt war er ein Mörder.

Hastig winkte Mariam ein Taxi heran und wies den Fahrer an, dem Wagen zu folgen. Nachdem sie sich überzeugt hatte, dass er trotzdem im Gerichtsgebäude einen Termin in als Staatsanwalt wahrnahm, ließ sie sich zur Villa bringen. Ellen hatte sich diese von ihrem Erbschaftsanteil nach dem frühen Tod der Eltern bauen lassen. Schwelend stieg etwas wie Neid in Miriam hoch. All das hätte *ihr* mit Axel zugestanden. Er wäre der Vater der Kinder geworden, die er sich so sehnlichst gewünscht und die Ellen ihm verwehrt hatte. Miriam fiel es leicht, sich das Chaos dieser Ehe lebhaft auszumalen. Fast war sie so weit, ihm den Mord als letzten Ausweg nachzusehen, denn sie kannte Ellens teuflische Art.

Deren damalige Ankündigung, sie würde Axel heiraten, hatte die Schwestern endgültig entzweit. Miriam floh und hatte den Job in Amerika angenommen. Bis zu diesem Brief, der jetzt zerknüllt in ihrer Manteltasche steckte, hatte sie nichts mehr von Ellen gehört. Anfänglich hatte Miriam die Nachricht nicht ernst genommen, in der Ellen ausgerechnet ihr die Angst vor einem gewaltsamen Tod durch Axel anvertraut hatte. Doch nachdem sie ihre Zwillingsschwester nach wiederholten Versuchen nirgends erreicht hatte, war Miriam, getrieben von Unruhe, ins Flugzeug gestiegen.

Oberhalb des Gartenhäuschens fand sie den Schlüssel, genau da, wie es im Brief stand. Im Haus lauerte auf Miriam eine gespenstische Stille, die ihr, bedingt durch ihr unheimliches Wissen, in alle Glieder kroch und sie einen Moment in regungslose Starre versetzte. Es folgte eine innerliche Neugier, die sie bedächtig durch sämtliche Räume trieb. Nur Bad und Schlafzimmer ließen auf einen Bewohner schließen. Obwohl das Bett zerwühlt war, schien eine Seite länger unbenutzt. Axels Pyjama lag wie zufällig hingeworfen am Bettrand. Sie griff aus dem verspiegelten Schlafzimmerschrank ein seidenes Nachthemd ihrer Schwester und drapierte es auf Ellens Betthälfte. Es würde eine Wirkung auf Axel nicht verfehlen.

Zur Mittagszeit saß er abermals im Stammcafé direkt hinter der Fensterfront. Miriam erkannte seine Umrisse durch das Schaufenster des gegenüberliegenden Schuhgeschäftes. Sie beobachtete ihn eine Weile, probierte bedächtig einen Schuh nach dem anderen an ohne hin zusehen. Sie bemerkte, wie seine Augen alle paar Sekunden die Straße absuchten.

Du wirst gleich sehen, worauf du wartest, es aber doch nicht für wahr halten, lächelte Miriam vor sich hin. Der Schuh in ihrer Hand fand seinen zugeordneten Platz. Miriam verließ das Geschäft, überquerte etwas gemächlicher, soweit der Verkehr es erlaubte, die Straße und gönnte ihm einen längeren Blick auf ihr Äußeres. Um die Wirkung ihrer Präsenz zu verstärken, trug sie absichtlich das altrosafarbene Kostüm, das sie mit Ellen gemeinsam hatte. Aus den Augenwinkeln bemerkte Miriam, wie er von seinem Platz hochschnellte. Damit hatte sie gerechnet und vorher mit flinken Augen die Häuserfront abgestreift. Eine offenstehende Eingangstür verschluckte sie. Sie hastete die Treppe hinauf bis zur ersten Etage und spähte zaghaft durch das Flurfenster hinaus. Er rannte ziellos umher. Sein Blick war fast wild zu nennen.

Am späten Nachmittag wählte sie mit zittrigen Fingern die Telefonnummer der Villa. Auf dem Anrufbeantworter wurde sie gebeten, eine Nachricht zu hinterlassen.

„Hallo Axel, ich bin es. Wie hast du es ihnen allen erklärt? Dass ich bis auf Weiteres verreist bin?"

Die Dunkelheit hatte sich beruhigend über die Stadt gelegt. Eine Turmuhr schlug Mitternacht. Seit Stunden verharrte sie vor seinem Haus. Sein umherwandernder Schatten zeigte sich durch die Ritzen der nicht vollständig heruntergelassenen Rollladen vor den erleuchteten Fenstern. Er schien unschlüssig. Gebannt folgte sie seinen Bewegungen. Als endlich der ersehnte Moment kam, erschrak sie dennoch. Er hatte das Licht im Haus nicht gelöscht, derweil sich das Garagentor surrend öffnete. Leise eilte Miriam zu ihrem Mietwagen.

Sie folgte ihm quer durch die Stadt bis zu einer verlassenen Gegend. Ihre linke Hand nestelte in der Manteltasche nach dem Handy. Die Telefonnummer der Kripo war darin gespeichert.

Sein Fahrzeug bog von der Landstraße ab in einen Waldweg. Sie schaute zur Taschenlampe auf dem Beifahrersitz, die im Fahrtrhythmus hin und her rollte. Sie erreichte die Einbiegung und schaltete die Scheinwerfer aus. Weiter vor ihr erspähte sie die Rücklichter, die bald darauf erloschen. Miriam griff nach der Lampe und nahm die Verfolgung zu Fuß auf. Nachdem sich ihre Augen an die Dunkelheit gewöhnt hatten, erblickte sie die kleine Hütte. Sie schien am Wasser zu liegen, was ihr die klamme Luft verriet.

Durch das schmale Fenster beobachtete sie, wie er eine Bodenluke öffnete und nach unten verschwand. Behutsam berührte sie die kalte Türklinke. Miriam hatte sie von innen versperrt erwartet und sich sorgenvoll überlegt, wie sie hineinkommen könne. Doch Axel schien zu aufgeregt oder überzeugt, dass sich hier in dieser abgelegenen Gegend zur finsteren Stunde niemand herumtreiben würde. Sachte zog sie die Tür einen Spalt auf und zwängte sich hindurch. Aus der Bodenluke drang ein fahler Lichtschein.

Jetzt brauchte sie nur abzuwarten. Scharrende Geräusche unterbrachen in gleichbleibendem Rhythmus die Stille. Ab und zu hörte sie ihn schwer und tief Luft holen. Nachdem sie meinte, es sei an der Zeit, lugte Miriam vorsichtig durch die Luke. Axel stand leicht gebückt. Er drehte ihr den Rücken zu. Leise und flink nahm sie die winzigen Stufen nach unten. Sie war am Ziel.

„Axel!"

Ihre Stimme ließ ihn entsetzt herumfahren und erstarren. Der Lichtstrahl ihrer Taschenlampe traf ihn mitten ins Gesicht. Er schien derart versteinert, dass er nicht einmal reflexartig seine Augen mit der Hand abzudecken suchte. Langsam lenkte sie das Licht auf die freigelegte Grube. Zögernd schritt sie bis zum Rand und schaute hinein. Da lag sie, Ellen, ihre verhasste Schwester, der sie äußerlich vollkommen glich. Viele kleine Erdklumpen verzierten bizarr ihr altrosa Kostüm, das sie in ihrer Todesstunde getragen hatte. Axel musste wahrhaft angenommen haben, Ellen hätte heute Morgen leibhaftig die Straße überquert.

Er stand weiterhin unbeweglich. Miriam wandte den Blick von der Leiche ab, beugte sich leicht in die Knie und legte die Taschenlampe auf den Boden. So dass sie in Axels Richtung zeigte, ihn aber nicht mehr blendete. Er schaute sie fassungslos an. Miriam sah nochmals in die Grube. Nichts, sie empfand nichts. Für sie war Ellen schon vor zwanzig Jahren gestorben.

„Ich habe keine Waffe", erklärte Miriam. „Du kannst mich ebenfalls umbringen und dazu legen, dann wäre es perfekt."

Leichte Zuckungen durchfuhren seinen Körper und schienen ihn zum Leben zu erwecken.

Miriam schluckte, ehe sie sagte:

„Du weißt es nicht, nicht wahr? Bis heute nicht. Hat sie dir tatsächlich nie etwas gesagt? Nicht einmal, als sie deine Liebe längst verloren hatte?"

„Was, was ..."

Er verstummte, als ob sie ihm mit ihren Worten den Atem abgedrückt hätte. Miriam fuhr unbeirrt fort.

„Du hast nie erfahren, dass ich einen Zwilling habe, nicht wahr? Als ich dich damals kennenlernte, habe ich geglaubt, den Mann fürs Leben gefunden zu haben. Bis ich den Fehler machte, meiner Schwester dein Foto zu zeigen. Seit dem Moment war sie regelrecht besessen von dir. Ellen war immer die Stärkere von uns beiden gewesen. Sie hatte bei der Geburt meinen Anteil an Charme, Durchsetzungsvermögen und Raffinesse mitbekommen. Fortan ließ sie mir mit ihrer drohenden Art keine Ruhe mehr, bis ich schließlich einwilligte, dich mit ihr zu teilen."

Er stöhnte auf, schlagartig schien er all die Ungereimtheiten seiner Ehe zu verstehen.

„So wusstest du bis heute nicht, dass du praktisch bis zu meiner Flucht in die USA mal mit der einen und mal mit der anderen zusammen warst. Du hast schließlich die Falsche geheiratet im Glauben, ich sei es, Miriam, die du eigentlich wolltest." Sie schaute erneut zur Grube. Langsam, fast flüsternd kam es über ihre Lippen. „Sie hat ihre Art zu sein mit dem Leben bezahlt. Du hast dich auf deine Weise gerächt."

Axel atmete tief durch, fuhr sich verstört mit beiden Händen durchs Haar. Miriam tastete nach ihrem Mobiltelefon in der Manteltasche. Ihr Blick fiel auf die Eisenstange am Boden. Wenn er sie bedrohte, brauchte sie sich nur zu bücken. Jetzt war der Zeitpunkt gekommen, die Kripo anzurufen. Doch das Handy blieb, wo es war. Sie betrachtete ihn. Ihr Herz erwärmte sich langsam. Axel, ihre Lebensliebe, stand in sich zusammengesunken vor ihr. Ein Mann, der in ein Schicksal gerutscht war, das er keineswegs verdient hatte.

„Ich bin mitschuldig an deinem Dilemma, Axel. Ich sah für mich keine Chance, weil ich zu feige war, mich gegen meine Schwester aufzulehnen. Ich hätte kämpfen müssen. Doch damals, mit neunzehn, war ich mit Komplexen behaftet. Ich hatte mich unaufhörlich an Ellen gemessen, die alles in sich vereinte, was ich mir wünschte - und so haben wir beide, jeder auf seine Weise, gegen sie verloren."

Auf Axels Stirn bildeten sich kleine Schweißperlen. Gepresst sagte er:

„Ich habe *dich* geliebt, Miriam, nur *dich*."

„Ich weiß", hauchte sie und warf, um ihre gefasste Entscheidung zu unterstreichen, heftig ihren Kopf in den Nacken. Im nächsten Moment ergriff sie die Schaufel und drückte sie ihm in die Hand. Er schaute verständnislos, doch Miriams Geste war eindeutig. Mit ihren Schuhen beförderte sie allmählich die lehmige Erde zurück in die Grube.

„Es ist ganz einfach", erklärte sie dabei entschlossen. „Niemand wird Verdacht schöpfen, wenn ich Amerika verlasse und in die Rolle schlüpfe, die du mir vor zwanzig Jahren zugedacht hattest." Sie lachte. „Und sogar der Vorname stimmt wieder."

In Axel Rickert kehrte das Leben wieder ein. Seine Augen glänzten fiebrig. Zunächst zögernd, doch dann schaufelte er mit voller Inbrunst. Und je mehr er begriff, umso schneller flog die Erde zurück in die Grube.

12. Doppelter Skorpion

„Skorpion ist das Zeichen für Sexualität in der reinsten und elementarsten Form«, erklärte er ihr inbrünstig in „Petrus' Sternecocktailbar". Hierhin hatte er sie entführt, kaum, dass er ihr listig ihr Tierkreiszeichen entlockt hatte.

«Und wenn" fuhr er fort, „ein Skorpion mit einem Skorpion zusammenkommt, dann wollen sie einander mit Leidenschaft und Intensität, gleichsam mit Haut und Haaren."

Und verrückt, wie er ihr schien, bestellte er gleich drei von diesem Astro Cocktail „Count Eight".

„Einen noch für deinen Aszendenten", schmunzelte er dabei. „Der Drink ist speziell für Skorpione kreiert, du wirst sehen, das ist ein Volltreffer." Mit theatralischer Untermalung ließ er sie wissen: „Rum und Passoa gehen eine magische Verbindung ein. Limetten, Zucker und jede Menge Eis hindern sie zu explodieren, bevor du es kosten konntest."

Thyra hielt in jeder Hand ein Glas des angeblich umwerfenden Cocktails und trank amüsiert abwechselnd aus beiden.

Viktors Augen bohrten sich in ihre. Er erzählte weiter. „Passoa wird aus der Passionsfrucht gewonnen, und dieser exotischen Frucht schreibt man aphrodisierende Kräfte zu."

„Ich bin beschwipst", gluckste Thyra, indes sie das Lokal verließen. Viktor drehte sie ausgelassen im Kreis und schob sie dabei sanft weiter, bis sie vor seinem Flitzer standen. Sie sah an ihm vorbei zu den türkisblauen Leuchtziffern des „Petrus'", und es schien ihr, dass sie an diesem 21. September auffallend strahlend in den Nachthimmel leuchteten.

Stunden später küssten sie sich zum Abschied vor ihrer Haustür.

„Ich rufe dich morgen an", flüsterte Viktor in ihr Ohr. „Hundertprozentig."

Beflügelt nahm sie die Stufen in ihr Appartement. Viktor war was völlig Neues. Einerseits ein bisschen verrückt, erheiternd, als wäre das Leben ein Spaß, andererseits geheimnisvoll dunkel, als folge er einer Strategie. Komplett überspannt schien er mit Sternzeichen zu sein.

In ihrem Appartement ließ sie sich seufzend aufs Bett fallen. Es war die beste Entscheidung gewesen, ihrem Geburtsort den Rücken zu kehren und in den Moloch Köln, wie Vater es ausgedrückt hatte, zu ziehen, sonst wäre ihr dieser Traumtyp entgangen. Sie hatte ihm im „Petrus" ihre Mobilnummer auf einen Bierdeckel gekritzelt.

Am nächsten Tag wartete sie vergebens auf seinen Anruf. Abends verließ sie in gedämpfter Stimmung die Agentur, in der sie als Grafikerin arbeitete. In den folgenden Wochen sank ihr Stimmungspegel weit unter null und zum ersten Mal packte sie Arbeitsfrust. Von Viktor hörte sie nichts mehr. Was war sie nur für eine sentimentale Träumerin gewesen? Einem Hallodri aufgesessen. Ihr wurde heiß vor Scham, wenn sie sich den Abend mit ihm vor Augen holte. Nie zuvor in ihrem Leben war sie gleich in den ersten Stunden schwach geworden und das auf ledernen Autositzen.

Thyra starrte den Arzt entgeistert an. „Irren Sie sich auch nicht?"

Er nickte ihr freundlich zu. „Nein, keineswegs. Freuen Sie sich denn nicht?"

„Nein", sagte sie und stand auf. „Der Vater ist verduftet."

„Scheiße, Scheiße, Mist", fluchte sie in den Regen und stampfte den Bürgersteig entlang. In der Verwundbarkeit des ersten Schocks überlegte sie, reumütig nach Hause in den Schoß der Familie schlüpfen. Doch unvermittelt blieb sie stehen. Mit fester Stimme sprach sie gen Himmel.

„Deine Eltern haben dir nicht umsonst den Namen Thyra – Kämpferin, gegeben und zudem bin ich sogar ein doppelter Skorpion und bereits ein einfacher gibt nie auf."

Spätestens zum Frühjahr bräuchte sie eine größere Wohnung.

Ihr Bauch drückte gegen das Lenkrad. In der gesuchten Straße erspähte sie vor dem weißen Vier-Parteienhaus eine männliche Person, die gemächlich auf und ab schritt. Sie parkte ihren Wagen frech direkt vor dem Haus. Der Dickbäuchige hielt mit seiner Wanderung inne und schien aufmerksam zu beobachtete, wie sie sich aus dem Auto zwängte und auf ihn zukam. Er starrte auf ihren Bauch. Thyra blieb vor ihm stehen, sah auf den Zettel in ihrer Hand.

„Herr Brandner? Der Hausverwalter?"

Der Mann nickte, betrachte einige Sekunden ihre Kugel und räusperte sich. „Für drei dürfte die Wohnung etwas klein werden."

„Wir sind zu zweit. Der Vater bekam die Schwindsucht. Und jetzt zeigen Sie mir schon unser zukünftiges Zuhause."

Kurze Zeit später durchschritt Thyra recht angetan die hellen Räume und stimmte zu.

Nach vier Tagen zog sie ein. Ihr Herz pochte vor Anstrengung, und sie gönnte sich im Umzugsgetümmel eine Pause auf dem schmalen Küchenbalkon. Die Sonne spendete bereits einiges an Wärme an diesem ersten Maitag. Ihr Blick glitt über die Nachbarschaftshäuser, streifte Gärten und Balkone, bis er auf dem Hauses gegenüber hängen blieb. Für einen Moment setzte Thyras Herzschlag aus. Ihr Leib zog sich derart zusammen, dass sie annahm, gleich zu gebären. Auf der anderen Seite saß doch wahrhaftig Viktor und sonnte sich. Wankend schlich sie in die Küche, meinte, die Wehen meldeten sich. Quälte sich weiter ins Bad, tauschte zittrig ihre Kontaktlinsen mit der Brille, deren Gläser frisch erneuert waren. Gleichsam, als täte sie etwas Verbotenes, trippelte sie auf Zehenspitzen zurück und wünschte sich die Möbelpacker augenblicklich aus der Wohnung. Mehrmals rückte sie ihre Sehhilfe zurecht. War es leibhaftig Viktor? Bis auf die gekürzten Haare glich er ihm vollkommen.

Endlich hielten ihr die Packer das Ende ihrer Aktion zur Unterschrift hin. Kyra durchwühlte sofort sämtliche Kartons. Wo war nur das Opernglas, fand es und eilte damit an die Fenstertür. Er saß noch immer da. Es schien, wie sei alles Leben aus ihm gewichen. Durch das Glas erkannte sie die längliche Kinnnarbe. Es war Viktor, der Hurensohn. Sie legte beide Hände über ihren gewölbten Leib und wich nach hinten.

„Ich ben ´ne kölsche Jung", klangen ihr seine Worte im Ohr, dieser Arsch. Und so einem Hirnfried war sie aufgesessen. „Unterschätze die rheinländische Oberflächlichkeit nicht", hatte ihr Vater sie gewarnt. Kinderlachen trieb sie erneut zur Fenstertür. Ein kleines Mädchen spielte im Garten mit einem Ball. Das schien Viktors Lebensgeister zu wecken. Er lehnte sich über die Balkonbrüstung, winkte dem Kind zu und erschien kurz darauf unten. Sie trippelten sich den Ball zu. Unvermittelt überflutete Thyra eine Hitzewelle. Eine junge Frau gesellte sich zu ihnen. Thyra fiel auf den Stuhl neben dem halb ausgepackten Karton und war den Tränen nahe. Sie hatte keine Ahnung, wie lange sie so dagesessen hatte. Die Türklingel ließ sie zusammenfahren. Sekunden später lag sie ihrer Freundin Inge in den Armen und heulte sich die Augen aus. Inge schob Thyra in den Korridor.

„Mein Gott, was ist los, Wasserrohrbruch oder bevorstehende Geburt?"

„Mein Seelenleben hängt total in Fetzen", schluchzte Thyra.

Sie packte ihre Freundin am Ärmel und zog sie zum Balkon. Ihr ausgestreckter Zeigefinger deutete zuckend in den Garten gegenüber.

„Da ist der Hund", heulte Thyra jetzt laut, „dabei hat er längst mit einem Kind in die Rentenkasse eingezahlt."

Inge sah sie groß an. „Bist du bescheuert?"

„Versteht doch! Der Typ da im Garten, das ist Viktor! Der Vater meines Kindes! Der sich aus dem Staub gemacht hat, weil er längst Familienvater ist. Oder es gibt ihn zweimal mit haargenau der gleichen Narbe am Kinn."

Bass erstaunt prüfte Inge den Garten.

„Das heißt", sagte Thyra gepresst, „dass ich auf der Stelle hier wieder ausziehe."

„Das wirst du nicht. Du bist verrückt", empörte sich ihre Freundin.

„Ich war schon irre, als gleich am ersten Abend seine Autositze herunterfuhren und ich darauf liegen geblieben bin, anstatt mich zu entrüsten. Ich blöde, dämliche, schwachsinnige Kuh."

Inge schüttele Thyra sanft bei den Schultern und lenkte ihren Körper zum Stuhl.

„Jetzt hör mir zu. Erstens, du wirst hier nicht ausziehen ..."

Tyra winkte ab. „Und zweitens ...", ergriff sie das Wort, „hänge ich ihm die Vaterschaftsklage an den Hals, und drittens schadet es nichts, wenn seine Frau endlich erfährt, mit was für ein Lump sie verheiratet ist."

„Richtig, so gefällst du mir wieder."

Später saßen die Freundinnen in der Abendsonne auf dem Südbalkon bei einem Glas Rotwein. Aber Thyra zog es ständig zur anderen Seite auf den kleinen Küchenbalkon.

„Inge!!", rief sie aufgeregt, „komm schnell!"

„Was ist passiert, ist es so weit?"

„Sieh nur", Thyra zeigte in den Garten. Ein weiterer Mann war eingetroffen. Er umarmte und küsste die Frau und wirbelte voll Freude das Kind durch die Luft. Viktor saß am Gartentisch und sah zu.

„Wer ist denn das jetzt?", rätselte Thyra.

Inge platzierte zwei Stühle ans Fenster. „Setz dich, Kino ist angesagt. Sieh ihn dir an, der Erzeuger deines Kindes verhält sich ein wenig merkwürdig", kommentierte sie.

„Hmm, stimmt, damals sprühte der vor Leben."

„Thyra, zeig dich ihm bald, stell dich einfach mit deinem Bauch vor ihm hin, allerdings nicht so verheult wie jetzt. Leg vorher ein wenig Make up auf."

Drei Tage später fing sie ihn ab. Er zeigte keine Reaktion. Thyra setzte einen Schritt zurück, streckte ihren Zeigefinger und deutete damit auf ihren Bauch.

„Das darin ist von dir. Sternecocktail, erinnerst du dich? Volltreffer."

Viktor lächelte wie ein unschuldiges Kind. Sie drohte zu explodieren. „Also, was du da bringst, ist unglaublich."

Sie hörte hinter sich einen Wagen stoppen und eine Autotür zuschlagen.

„Ich muss wohl deiner Gattin", überschlug sich ihre Stimme, „darüber informieren, dass du deine Vatergefühle demnächst teilen musst."

„Was muss er demnächst teilen?", fragte die soeben neben ihr erschiene Dame, die Thyra im Garten gesehen hatte. Sie erschrak. Einen direkten Zusammenstoß mit ihr hatte sie innerlich nicht geplant.

„Viktor", die Stimme der Frau klang merkwürdig besorgt, „ist alles in Ordnung?"

Der Angesprochene nickte. Thyra jedoch hatte ihre doppelten Skorpione nicht mehr unter Kontrolle.

„Nein!", fauchte sie los. „Nichts ist in Ordnung! Gar nichts!"

Wie zum Schutz hakte die Frau Viktor ein.

„Entschuldigen Sie, er ist ein wenig verwirrt."

„Oh ja, wahnsinnig verwirrt. Er rastet fast aus!", brauste Thyra auf. Allmählich kam ihr das Gehabe albern vor.

„Moment bitte", sagte die Dame auf einmal energisch. Sie führte Viktor in ihren Wagen auf den Beifahrersitz und kam zurück.

„Wer sind Sie überhaupt?"

„Was ist mit ihm?", war es Thyra stattdessen wichtig zu wissen.

„Kennen Sie Viktor?"

Thyras Schultern fielen nach vorn. „Kennen?", flüsterte sie. Sie zeigte auf ihren Bauch.

Die Frau schien sofort zu verstehen, nahm sie zur Seite und sagte:

„Was genau ist passiert?"

Thyra entlud wie ein Wasserfall ihre maßlose Enttäuschung. „Sorry, ein kleiner Schwächeanfall, die Hormone."

„Mein Gott, sie Arme, was müssen Sie durchgestanden haben?"

Thyra starrte sie verwundert an.

„Meine Liebe, hätte ich irgendeinen Hinweis auf Sie gefunden, wären Sie benachrichtigt worden. Mein Bruder hatte einen schweren Autounfall."

Thyra wankte. Spontan ergriff Viktors Schwester ihren Arm, um sie festzuhalten.

„Wann?", hauchte Thyra.

"Es war in der Nacht vom 21. auf den 22. September. Viktor lag Wochen im Koma und seine Erinnerung kehrt erst nach und nach zurück. Wir nehmen sämtliche professionelle Hilfe in Anspruch, versuchen ihn über Gespräche, Kontakte, Gerüche und Geschmacksnerven zurückzuholen.

Thyra war überwältig, zitterte vor Aufregung.

„Ich, ich wüsste eine, allerdings vollkommen unprofessionelle Hilfe. Sie ist flüssig, ein Gemisch aus Rum, Passoa und Limetten, und Viktor hat gesagt, es ist ein Volltreffer."

Rezept:

Name: **Count Eight**

Glas: Tumbler, Whiskyglas oder kurzes Longdrinkglas

Inhalt: 2 cl dunkler Rum, 2 cl Passoa, 1 ganze Limone, 2 TL Zucker

Zubereitung: Limone achteln, in Glas geben, mit dem Zucker zerdrücken. Spirituosen dazu und gestoßenes Eis, umrühren.

Dekoration: keine, Barmaß: 1 cl (Zentiliter) = ca. 1 Esslöffel

13. Lucys Beichte

Lucy Hopsta weinte bitterlich am Sarg ihres Gatten Klaus, der drei Meter unter ihr in der Gruft seine letzte Ruhe fand. Pfarrer Nolte hatte auf ihren Wunsch hin die Grabrede gehalten. Sie kannte ihn seit ihrer Jugend. Bereits vor zwanzig Jahren hatte er ihren ersten Mann im Alter von nur 55 beerdigt. Damals hatte sie nicht eine winzige Träne verloren, hatte regungslos vor dem Grab gestanden und mit erhobenem Kopf eine Rose hineingeworfen. Ihr war klar, dass sich diesmal der Pfarrer über sie wunderte. Ihn vor allem die vielen, ihm unbekannten Damen, die sich hinter Lucy gestellt hatten, in Erstaunen versetzen würde. Und sie sah ihn sein betagtes Haupt schütteln, kurz, bevor er in ihr feines, vom Alter gezeichnetes Gesicht schaute. Selbst mit 74 Jahren hielt sich Luyy betont aufrecht, eingehüllt in einem dünnen schwarzen Stoffmantel.

Beim anschließenden Leichenschmaus scheute sie keine Kosten, denn mit Klaus hatte sie eine glückliche Zeit verbracht. Gegen Abend, nachdem Lucy ihre Gäste verabschiedet hatte, trat Pfarrer Nolte zu ihr an den Tisch. Er wusste die kulinarischen Köstlichkeiten und den Wein zu schätzen. Sie schmunzelte, da sie sofort die feinen Schwingungen in seiner Stimme bemerkte, die nur der Alkohol hervorzauberte.

„Vielen Dank, Lucy Hopsta, es war eine schöne Beerdigung", sang Pfarrer Nolte.

Sie sah sich um. Die Kellner räumten ab. Lucy schaute ihren Pfarrer an, wie er leicht gebeugt vor ihr stand. Er war bald neunzig. Pfarrer Nolte hatte sie mit ihrem ersten Mann Robert getraut und ihn nach dreißig Jahren Ehe beerdigt. Sie zwang sich aufzustehen, um ihren Pfarrer zu verabschieden, doch unvermittelt hielt sie mit ihrer Handbewegung inne. Denn ihr Blick in seine blassen blauen Augen weckte in ihr den heftigen Wunsch, sich ihm anzuvertrauen. Womöglich lag es an seiner alten, gebrechlichen Gestalt, die sie daran erinnerte, dass das Leben endlich war. Sie überlegte. Sicher, sie hatte Verbündete und war nicht gezwungen, allein das Geheimnis zu tragen. Aber mit Klaus hatte sie all die Jahre nicht darüber sprechen können und nicht wollen. Niemals in seinem Leben hätte er das Gefühl haben sollen, mitschuldig zu sein.

„Setzen Sie sich, Pfarrer", befahl Lucy.

Pfarrer Nolte bemerkte, wenngleich beschwipst, dass ihr Ton keinen Widerspruch duldete. Er setzte sich gemächlich auf den Stuhl ihr gegenüber. Sie orderte für ihn zur Ernüchterung Kaffee, den er unwillig schlürfte. Ihre schneidende Stimme ließ ihn zusammenfahren.

„Pfarrer Nolte, ich möchte etwas beichten."

Pfarrer Nolte gluckste.

„Aber doch nicht jetzt, Lucy." Er guckte rasch zu den Kellnern. „Und hier, das Lokal ist weiß Gott kein Ort Gottes."

„Gottes Ort ist überall."

Pfarrer Nolte schluckte zweimal.

„Ach Lucy, das muss doch nicht jetzt sein. Kommen Sie morgen zu mir. Da bin ich ganz für Sie da; der Wein - ich bin müde."

Sie lächelte verständnisvoll. Pfarrer Nolte erhob sich. „Ich sehne mich nach meinem Bett, liebe Lucy. Mein Kopf brummt."

Lucy zeigte kein Mitleid. „Setzen, Pfarrer, ich möchte beichten, und zwar jetzt."

Pfarrer Nolte blieb stehen.

„Lucy, was sollten Sie denn so Schlimmes getan haben, dass es nicht noch Zeit bis morgen hat?"

„Ich bin schuld am Tod meines Mannes."

Jetzt setzte sich Pfarrer Nolte, starrte sie an und schien sich gewaltsam zu sammeln.

„Wie?"

„Einfacher ausgedrückt: Ich habe ihn umgebracht, in den Tod geschickt, es initiiert."

Sie erkannte die Frage in seinem Gesicht.

„Nein, nicht diesen. Nicht Klaus. Er war mein Leben. Ich spreche von Robert, vor zwanzig Jahren. Klaus hat mich für all die unglücklichen Jahre mit Robert entschädigt durch seine grenzenlose Liebe."

Pfarrer Nolte verharrte stocksteif auf dem Stuhl und starrte verblüfft auf die Kaffeetasse vor ihm auf dem Tisch. Lucy verstand ihn, wartete, bis er ihr Bekenntnis verdaut hatte. Nolte räusperte sich, straffte den Oberkörper, lehnte sich zurück, strich sich durch sein gelichtetes Haar und hielt die gefalteten Hände im Schoß. Ungläubig sah er sie an. Lucy nahm das als Aufforderung.

„Dreißig Jahre war ich mit Robert verheiratet", begann sie. „Doch schon bald nach der Hochzeit fing er an, mich zu betrügen – all die Jahre hindurch – mit insgesamt achtundzwanzig Frauen."

Pfarrer Nolte lief bei der Zahl rot an. Wie bescheiden war er selbst dem Herrn zuliebe. „Achtundzwanzig", säuselte er fassungslos mit glühenden Wangen.

Lucy wiegte ihr Haupt. „Das macht 1,07 Frauen pro Jahr, Herr Pfarrer."

„Achtundzwanzig", murmelte Pfarrer Nolte einmal mehr ergriffen.

„Wie haben Sie denn das herausgefunden? Haben sie die alle gekannt?"

Lucy lächelte mit dem Charme einer alten verschmitzten Dame. „Nein, nur die ein oder andere mal gesehen. Ich habe eine sehr gute Spürnase engagiert, einen Privatdetektiv, den besten der Stadt." Sie atmete tief durch, senkte die Augenlider und holte die Minuten in seinem Büro zurück in ihr Gedächtnis. „Als ich damals vor ihm stand, ihn ansah, klopfte mein Herz wild."

Pfarrer Nolte schaute gebannt auf Lucy.

„Ich war 54 Jahre und am Ende meines Lebens angekommen – so hatte ich geglaubt. Doch die Liebe saß vor mir hinter einem massiven Eichenschreibtisch. Jetzt ruht sie im Grab."

Lucy schluchzte auf, warf den Kopf in den Nacken und lächelte.

„Nachdem mein Herzschlag sich wieder beruhigt hatte und meine Beine nicht mehr zitterten, übergab ich ihm meinen grünen Ordner. In diesem hatte ich über all die Jahre Notizen, Namen und teilweise auch die Anschriften der Damen gesammelt. Sie wissen ja, Robert hat nie ein Hehl aus seinen Ehebrüchen gemacht."

Pfarrer Nolte nickte.

„Ich bat meinen Detektiv, von allen achtundzwanzig die ganz persönliche Beziehung zu meinem Mann herauszufinden. Was ich anschließend damit anfangen würde, war mir zu dem Zeitpunkt noch völlig unklar. Unterschwellig verspürte ich nur den Wunsch, Robert für alles zu bestrafen."

Pfarrer Nolte wiegte verständnisvoll seinen Kopf.

„Nach acht Wochen legte mir der Detektiv von jeder ein gestochen scharfes Foto und alle wichtigen Informationen vor.

Bei der Letzten, der Achtundzwanzigsten, war Robert sogar noch mit abgelichtet."

Pfarrer Nolte hatte ihr vor Anspannung mit offenem Mund zugehört.

„Und dann haben Sie ihn einfach umgebracht, Lucy?"

„Einfach umgebracht?", wiederholte sie. „Nein, das wäre zu simpel gewesen. Ich habe es nicht allein gemacht. Es war eher ein Dreizehnmädelstreich."

Jetzt weitete Pfarrer Nolte verständnislos die Augen.

„Alles der Reihe nach, Herr Pfarrer", beschwichtigte sie ihn.

„Aber Lucy, warum nur um alles in der Welt haben Sie sich nicht einfach scheiden lassen?", warf er ein.

„Oh, Herr Pfarrer, ich habe oft an Scheidung gedacht, aber ich konnte mich nicht einfach nur scheiden lassen." Lucy lächelte melancholisch. „Auch Robert ...", sie sprach leise, dass Pfarrer Nolte sich vorbeugte, um sie zu verstehen, „habe ich einmal geliebt - damals. Anfangs verzieh ich ihm – immer wieder. Bei jeder Neuen habe ich geglaubt, es würde die Letzte sein. Beschwerte ich mich, lachte er abfällig und meinte: 'Kauf dir was Schönes oder fahr in Urlaub.' Ich litt unendlich, quälte mich, indem ich ihm heimlich folgte, machte mir meine Notizen und liebte ihn auch weiterhin. Ich hatte Angst, allein zu sein, hatte Angst vor einer Scheidung, Angst vor einer neuen Situation." Lucy atmete hörbar durch, bevor sie mit festerer

Stimme fortfuhr, sodass Pfarrer Nolte sich sofort wieder aufrecht setzte. „Irgendwann, vielleicht bei der Fünfzehnten oder Sechzehnten, habe ich langsam aufgehört ihn zu lieben. Ich verfiel in eine gewisse Gleichgültigkeit, bis mich eines Tages die Wut packte, die mich in das Büro des Privatdetektivs führte. Einige Zeit später griff Robert mit schmerzverzerrtem Gesicht nach seinem Herzen. Und da wusste ich plötzlich, wie ich ihn bestrafen wollte, wusste, dass ich Rache wollte. Ich studierte sorgfältig die Berichte des Detektivs - alle achtundzwanzig. So suchte ich in der Zeit, als Robert sich im Krankenhaus von seinem Herzinfarkt erholte, die Frauen aus, welche er auf die übelste Weise absserviert hatte. Es waren zwölf. Zwölf, die ihn fast so hassen mussten wie ich."

Lucy öffnete zum ersten Mal ihre gefalteten Hände und schlug sanft mit der Rechten auf den Tisch. „Es war ein Marathonlauf. Mir standen nur noch drei Wochen Zeit zur Verfügung, in der ich die zwölf Frauen aufsuchen konnte; danach wartete auf Robert die Rehaklinik. Ich deutete den Zwölfen meinen Plan an und achtete mit empfindsamen Sinnen auf ihre Reaktion. Diese war für mich bei jeder in Ordnung, und so erklärte ich ihnen, wie was passieren könnte."

„Der Dreizehnmädelstreich", murmelte Pfarrer Nolte. Dann haben Sie ihn zu dreizehnt ermord... umgebracht?" Seine Zungenspitze fuhr mehrmals über die Lippen.

Lucy verstand den unbewussten Hinweis und gab dem Kellner ein Zeichen. Genüsslich nippte Pfarrer Nolte bald darauf am Weinglas. Er vergaß völlig, dass er sich in einer Beichte befand.

„Wie ging's denn nun weiter, Lucy? Wie um Himmels willen haben Sie es denn nun angestellt?"

„Einen Tag, bevor Robert in die Rehaklinik reisen sollte", fuhr sie fort, „lud ich alle Zwölf gegen Abend zu uns nach Hause ein."

„Oh Gott", stöhnte Pfarrer Nolte.

„'Robert', sagte ich mutig und schnippisch, 'du wärst beinahe von uns gegangen, umso wichtiger ist es, sich auch all seiner Sünden zu erinnern, um vielleicht den Herrgott rechtzeitig um Vergebung zu bitten. Wir wollen heute Abend eine kleine Erinnerungsparty feiern'."

„Eine Party? Sie haben zusammen eine Party gefeiert? Mit seinen Geliebten?"

Lucy schmunzelte und nickte bekräftigend. „Eine nach der anderen klingelte, fiel dem verdatterten Robert um den Hals und zeigte sich, wie abgesprochen, hocherfreut ihn zu sehen. Sie überschütteten ihn mit Astern und Chrysanthemen und herzten ihn. Ich beobachtete ihn wie ein Luchs und labte mich an seinem gequälten Gesicht, frohlockte, während ihm seine Schandtaten offensichtlich durch den Kopf jagten und seinen herzschwachen Körper peinigten. Ich freute mich über das

Entsetzen in seinem Gesicht, in das ihn jedes erneute Klingeln versetzte."

„Und dann ist er tot umgefallen", meinte Pfarrer Nolte lakonisch.

„Aber nein, so einfach ging es nicht. Am liebsten wäre er sofort davongelaufen. Ich spürte genau, wie er auf den richtigen Augenblick wartete, immer zur Dielentür schielte. Wohl in der Hoffnung, sie würde sich einfach öffnen und ihn ein starker Luftzug aus dem Zimmer saugen. Fort, fort von all den Peinlichkeiten. Doch er war gefangen im Kreis seiner ehemaligen Gespielinnen. Die Sektkorken knallten. Ich stand da mit der Flasche in der Hand, füllte nach; und er war umringt von allen Zwölfen, die ihm so zu Leibe rückten, dass er kaum atmen konnte. In seinen Augen bemerkte ich seine aufsteigende Panik, die Angst zu ersticken. Wir gaben nicht eher Ruhe, bis er mit jeder von uns ein volles Glas geleert hatte. Bei seinem Anblick fühlte ich satte Genugtuung, und ich schämte mich dessen nicht." Lucy hielt in ihrer Erzählung inne und lächelte versonnen mit glänzenden Augen. „Wir drängten ihn sanft aber bestimmt bei flotter Musik zum Tanz. Ich sah die Schweißperlen auf seiner Stirn, die ihm langsam übers Gesicht liefen." Lucy klatschte wie ein kleines Kind in die Hände. „Es war eine köstliche, makabre Party. Er starb nicht."

„Und dann haben Sie ihn in der Nacht vergiftet?!"

„Aber Herr Pfarrer. Sie kennen doch die Todesursache. Herzversagen. Ich habe nur dem Herrgott dabei etwas Beihilfe geleistet."

„Man soll dem Herrgott nicht ins Handwerk pfuschen. Das straft immer das Leben."

„Das stimmt nicht, Herr Pfarrer, mein Leben hat mich dafür belohnt. Wie ich schon sagte, Robert starb nicht." Sie schwieg eine Weile und starrte auf ihre Hände. Lucy holte tief Luft, bevor sie weitererzählte. „Sie werden es nicht glauben, Herr Pfarrer, er ist uns dann doch entwischt."

„Ach!"

„Als es schellte und das Essen geliefert wurde, ist er an den verblüfften Leuten vom Partyservice vorbei durch die Haustür ins Freie gerannt.

Ende.

Ich ging allein ins Bett, starrte in die Dunkelheit und sagte mir immer wieder: Es hat nicht geklappt, es hat nicht geklappt. Robert erschien den ganzen nächsten Tag nicht. Die Luft war mild an diesem frühen Herbsttag, wie heute. Ich verbrachte die meiste Zeit auf der Terrasse. Gegen Spätnachmittag wanderte ich unruhig durch den Garten. Als ich um die Hausecke auf die Blumenrabatte sah, erschrak ich. Er hockte seltsam verkrümmt in den abgeknickten Gladiolen unter dem hohen Fliederbusch, seinen rechten Arm um den Stamm geschlungen, als wollte er sich daran festhalten. Es dauerte eine Weile, bis ich begriff.

Es hatte doch geklappt."

14. Schweinestimmung

Lore schaute mit ihren warmen blauen Augen Paula an, die sie grunzend mit geweiteten Pupillen fixierte. Diesen Schweineblick, wie würde es nur möglich sein, ihn in ihrem Bild festzuhalten, dass er annähernd das wiedergab, was er ihr vermittelte? Resignierend ließ Lore den farbdurchtränkten Pinsel in ihrer Hand sinken. Auch der neuerliche Versuch schien zu misslingen. Sie setzte sich auf den Hocker neben der Staffelei. Fasziniert beäugte sie Paula. Sie war keine gewöhnliche Sau, vermeintlich nicht von dieser Welt, wohl aus dem Mysterium des Universums vor ihre Tür gefallen und hatte auf den ersten Blick ihre Seele erobert. Sie besaß ein nussbraunes Fell mit hellen Flecken und ein schlankes undurchdringliches Gesicht. Paula hatte im Haus ein eigenes Zimmer, mit Stroh und allem, was ein Schwein zum Glücklichsein brauchte. Lore hatte es nicht übers Herz gebracht, sie wieder auszuquartieren, nachdem sie sich einmal Einlass verschafft hatte. Wie wütend war Onkel gewesen, aber seine Kräfte waren nicht mehr die von einst.

Versuchte eine männliche Hand sie zu streicheln, riss Paula ihre Schnauze auf und gab unmissverständlich quietschende Laute von sich, zeigte spürbar, was sie von Menschen hielt.

Lore liebte das Tier Paula. Sie gab ihr das Gefühl, geschätzt zu werden. Paula kommunizierte mit ihr wie just in diesem Moment, wie sie lauschend den Kopf auf ihr Herz legte und zu wissen schien, was in ihr vorging. Sie waren Seelenverwandte. Die Sache mit Onkel kam Lore in den Sinn, wie er sie bedroht hatte, weil sie ihm keinen Cognac nachschenken wollte. Er daraufhin das Glas nach ihr geworfen hatte. In Sekundenschnelle war Paula da, hatte ihre Vorderklauen auf seinen Schoß platziert und ihm mit der rechten die Wange touchiert. Das Einzige, was wahrhaftig zu ihr gehörte, war Paula. Lore war fünfundvierzig mit einem ansprechenden Äußeren und Alleinerbin von Onkels beträchtlichem Vermögen, ein herrschaftliches, renoviertes Gut, das er nach der Wende zurückerlangt hatte.

Sie legte den Pinsel beiseite und schnippte mit den Fingern. Wie ein Schweineblitz war Paula an ihrer Seite. Beide schlenderten über den Gutshof. Jäh stob Paula davon. Einen Augenblick sah Lore ihr irritiert nach, bis sie ahnungsvoll lächelte. Sobald sie hinter dem gewaltigen Backsteineingang abbog, sah sie Paula auf dem monumentalen Stein thronen, der Onkels Grab zierte. Paula beobachtete misstrauisch jeden Handgriff, mit dem Lore das Grab pflegte.

Am Abend stand Lore hinter der Gardine in Onkels Herrenhaus, das sie seit seinem Tod bewohnte. Paula verweilte auf ihren vier kurzen Schweinebeinen neben ihr und grunzte bedrohlich. »Alles in Ordnung«, beruhigte Lore. Zärtlich streichelte sie Paula über ihr borstiges Gesicht. Dabei schmachtete Lore sehnsüchtig hinüber zum Nebenhaus. In der Wohnung des Gutsverwalters Walter Biegel brannte Licht. Sie kraulte Paula mit der Hand.

„Ob er wohl genauso an mich denkt wie ich an ihn, Paula?«

Unverzüglich drehte sich Paula einmal um die eigene Achse und grunzte derart unanhörbar, dass Lore zusammenzuckte. Paula sah zu ihr hoch. Lore beugte sich zu ihr und streichelte sie. Nur von ihr ließ sich Paula streicheln. Walter würde es nie wieder versuchen; Paula hatte deutliche Spuren auf seiner Hand hinterlassen.

Womöglich aus Einsamkeit hatte Lore mit der Zeit zugelassen, dass Walter all ihre Gedanken ausfüllte. Viele Jahre hatte sie sich nach einer bitteren Enttäuschung von Männern ferngehalten – bis der Gutsverwalter in ihr Leben trat. Dass er jünger war als sie selbst, hatte daran nichts geändert. Ein Gefühl durchwärmte Lore, das sie für immer in sich gestorben glaubte.

Am nächsten Tag sah sie ihn gegen Mittag das Haus verlassen, in seiner üblichen braunen Breitkordhose, einem karierten Hemd und Gummistiefeln und einem Handwerkskasten. In den drei Monaten, in denen er hier das Gut verwaltete, hatte sie ihn außer auf Onkels Beerdigung nie in anderer Kleidung gesehen. Auf ein Gefühl hin bewegte sich Lore zum Ausgang. Wie beiläufig schlenderte sie zu den Pferdeweiden, wo Walter einen der Zäune ausbesserte. Eine Weile sah sie ihm zu. Sein durchtrainierter Körper schien eins mit seinen Bewegungen. Sein rötlich-braunes Haar fiel ihm ins Gesicht, derweil er nach der Zange am Boden griff. Langsam schritt sie auf ihn zu. Er hob den Kopf und sah ihr entgegen.

Eine längere Zeit plauderten sie über das Gut, über Onkels Tod, über Gott und die Welt. Mitunter sah er sie merkwürdig an. Lore wurde es heiß. Jäh schlang er die Arme um sie, bog sie nach hinten, presste seinen Körper an ihren und küsste sie verzehrend. Es durchströmte sie eine nie erlebte Glückseligkeit.

Weiterhin aufgewühlt betrat Lore ihr Atelier, ein helles geräumiges Zimmer mit breiten Fensterflügeln. Paula lag auf dem Sofa, das Lore extra für sie gekauft hatte und rührte sich nicht. Lore nahm hinter der Staffelei die Arbeit an dem angefangenen Bild auf, tupfte ein tiefes Grün mit Silbereffekt in Paulas Augen. Nach einer Weile hörte sie Paula hinter sich

Wasser schlürfen. Lore drehte sich um. Paula leckte mit der Zunge ihre Schweineschnauze und starrte Lore funkelnd an. Sachte schritt sie auf ihr Schwein zu.

„Paula, du musst nicht eifersüchtig sein. Ich liebe dich trotzdem. Walter ist doch ein guter Mann.«

Paula drehte sich ab, als ob sie das nichts angehe. Lore beugte sich herunter und fuhr sanft mit der Hand über ihr borstiges Fell.

„P a u l a«, hauchte sie in ihr aufgestelltes Ohr. Als fühle Paula Lores Anspannung, leckte sie ihr mit ihrer rauen Zunge den Hals. Lores Herz pochte. Sie sah Walter vor ihrem geistigen Auge und erlebte zeitgleich eine unheilvolle Energie, die zwischen ihr und dem Schwein hin und her strömte. Einen Moment nahm sie an, ein Vulkanausbruch stünde bevor. Hatte aber keine Vorstellung, ob er in ihr oder in ihrem Schwein ausbrechen würde.

Eines Tages zog Walter zu Lore ins Herrenhaus. Paula sprang beim ersten gemeinsamen Abendessen mit einem jammervollen Quieken um den Tisch herum und brachte ihn zum Wackeln, das Walters Suppenteller den Inhalt überschwappen ließ. Erbost warf er einen Löffel nach Paula. Lore starrte erschrocken und stumm auf die beiden Rivalen. Walter jagte hinter Paula her.

„So ein verfluchtes Schweinebiest.«

Paula wich ihm geschickt aus. Lores Herz raste.

Paula verschwand in den nahegelegenen Wald. Jeden Abend stellte Lore Paulas Lieblingsfutter und Wasser vor die Tür. Tagelang blieb es unberührt.

Nachts lauschte sie nach draußen. Oft bildete sich Lore dabei ein, ein jammervolles Grunzen und Quieken durch den Nachthimmel schwirren zu hören. Wenn sie dann leise zum Fenster schlich, sah sie Paulas Augen im Mondlicht in Haustürnähe unter der dicken Kastanie schimmern. Von da an stellte sie das Futter jeden Abend dort hin, denn Paula kam nie näher ans Haus heran.

Eines Tages überraschte Walter sie.

„Ich habe eine Stelle als Gartenbauingenieur in Erfurt gefunden. Ich wüsste auch schon einen neuen Gutsverwalter.«

Lore sah ihn erschrocken an. Walter reagierte sofort.

„Natürlich komme ich abends nach Hause.«

Spontan ließ Lore am darauffolgenden Tag seinen Geländewagen durch einen Porsche austauschen. Walter war total aus dem Häuschen. Lore lächelte zufrieden.

„Damit du rasch abends wieder bei mir bist.«

Er lachte und küsste sie.

Recht bald zogen sich die Abende für Lore dahin. Walter kam immer später heim. Stundenlang saß sie vor dem Herrenhaus und hielt in ihrem Schmerz nach Paula Ausschau. Häufig dabei das Bild vor Augen, wie Walter vor Tagen mit Steinen nach dem Tier geworfen hatte, weil Paula an der Motorhaube des Porsches herumgeschnuppert hatte. An dem Abend war Lore spontan an ihre Staffelei gegangen und hatte Paula schwer und dunkel in ihrem satten nussbraunen Fell mit den hellen Flecken vor der schwarzen Haube des Porsches verewigt. Es schien ihr, als gelänge ihr allmählich doch, Paulas Blick auf der Leinwand festzuhalten. Wen liebte sie mehr? Hatte ein Schwein das Recht, eifersüchtig zu sein und war es in der Lage, derart zu hassen?

Oftmals lief Lore durch den Wald und rief schwermütig Paulas Namen. An einem dieser endlosen Abende gelang es Lore, ihre Herzensfreundin ausfindig zu machen und sich neben ihr niederzulassen. Paula rührte sich nicht von der Stelle. Ohne Worte streichelte Lore ihr das Fell, bis Paula leise wohlwollend grunzte und ihr den Hals leckte. Sie hatte Paula nicht verloren. Sie waren sich nahe und sie war sicher: Paula fühlte, was sie fühlte. Lore flüsterte:

„Onkel hat Recht gehabt, als er mich warnte, als reiche Frau vor Männern besonders auf der Hut zu sein. Walter wollte nur mein Geld. Onkel hatte Recht, und du wohl auch, dass du Walter nicht leiden kannst und nicht heimkommst. Er tut es auch immer seltener. Letzte Nacht habe ich vergeblich auf ihn gewartet.«

Egal, was Lore anstellte, sie bekam Paula nicht dazu, mit ihr ins Haus zurückzukehren. Das Schwein blieb im Wald und Lore wartete abermals die Nacht vergebens auf Walter.

Am nächsten Abend schellte die Polizei.

„Herr Biegel starb noch an der Unfallstelle in der Kurve«, erklärte der Polizist. „Der Notarzt hat gemeint, der Verunglückte habe etwas von einem Schwein gefaselt, das auf seinen Wagen gesprungen sei, direkt vor die Scheibe.«

Walter war tot. Lores Herz krampfte, doch es schmerzte nicht, wie sie es erwartet hatte.

Sie erhielt seine bei sich geführten Sachen. Versonnen nahm sie ein Teil nach dem anderen aus der Tasche und legte es nebeneinander auf den Tisch. Sein Handy piepste zweimal kurz hintereinander. Auf dem Display las sie:

Eine Kurzmitteilung erhalten. Lore drückte die entsprechenden Tasten: *Liebling, ich bin verrückt darauf, dich morgen wieder in meinen Armen zu halten. Tausend Küsse, Claudia.*

Am selben Abend trabte Paula freudig grunzend durch die extra für sie offenstehende Tür. Lore weinte vor Glück. Paula leckte ihr die Tränen.

15. Verführerisches Spiel

Nora schaute sich um. Der Raum über dem Club war mit rotgoldenen Samttapeten ausgestattet. An der Wand ein Messingbett in Überbreite, auf dem runden Tischchen ein mit Eis gefüllter Sektkühler, in dem eine Flasche Champagner der berühmten Witwe „Veuve Clicquot« steckte. Ihr Blick fiel auf die imponierende Erscheinung, die vor dem Stuhl mit dem roten Polster ihr Kleid abstreifte. In manierierter Geste ließ sie es sanft auf den Sitz gleiten.

»Ich bin Annegret«, stellte sie sich mit rauer Stimme vor.

Nora schwanke zwischen Ergriffenheit und Erschütterung. Die Darstellerin, wie sie die Erscheinung insgeheim nannte, hielt den Kopf in dieser zur Seite geneigten Positur, die Nora so liebte. Die schwarzen Locken, pure Natur, weich und sanft, wie es keine Dauerwelle hervorbringen würde, schmeichelten dem Gesicht und fielen geschmeidig über die Schultern. Wie atemberaubend sie aussieht, durchjagte es Nora. Hitze strömte aus dem Bauch in ihren Kopf. Ein erotisierendes Gefühl ergriff sie. Obwohl sie nicht in dieser Absicht hierhergekommen war, beschlossen augenblicklich Millionen kleiner Gehirnzellen: Diese Frau wollte sie haben.

Verwundert registrierte Nora, niemals einen Menschen dermaßen heftig begehrt zu haben. Zögerlich ließ sie sich auf die Bettkante nieder und starrte wie paralysiert auf die sich ihr darbietenden Brüste, gehalten von einem türkisblauen Spitzen-BH. Nora fixierte die farblich passenden Strumpfhalter mit Fischbeinstäbchen, verspielten Seidenschleifen und elastischen Bändchen. Die Verschlussknöpfe drückten sich durch den mit Borte verzierten Saum der seidenen Strümpfe.

Dieser türkisblaue Strapshalter wird schick um deinen Hals aussehen, wenn ich ..., durchzuckte es Nora, derweil ihr Glas Champagner mit dem der aufreizenden Dame leise aneinanderstieß.

„Zieh dich aus, Nora", raunte die Femme fatale und blinzelte ihren Gast mit den tiefschwarz bewimperten Augen lustvoll an. In dem Moment war Nora nicht mehr sicher, ob ihr anfängliches Begehren dem allen standhielt. Dagegen sprach die Armeiseninvasion, die in ihrem Bauch kribbelte. Die Lust, die das völlig neue Spiel in ihr hervorrief.

Sie stellte ihr Glas ab und schluckte. Am liebsten würde sie ihrem Gegenüber spontan sämtliche Spitzenteile vom Leib reißen, sich wie früher verlieren, den Körper schmecken, seine Stärke aufsaugen. Bedächtig schälte sich Nora aus ihrem Hosenanzug und schämte sich fast ihrer einfallslosen Unterwäsche.

Sanft spielte Annegrets Zunge auf ihren Lippen. Nora schloss für einige Momente die Augen und ergab sich. Wie hatte sie diese Zärtlichkeit vermisst. Warum hatte sie sich nach dem ersten Schock nur so lange verweigert? Mit einem geschickten Griff öffnete sie Annegrets Spitzen-BH. Nahe daran, zu vergessen, aus welcher Motivation heraus sie hierhergekommen war. Nora war verwirrt. Sie schob ihr Vorhaben in den Hintergrund. Geschmeidig zog Annegret beide Arme aus den BH-Trägern.

„Wunderschönes Teil«, murmelte Nora, „Wie viel hat das gekostet?«

„Das ist doch jetzt nicht wichtig", flüsterte Annegret heiser und bedeckte Noras Hals mit Küssen. Ihre Hände schoben das aufreizende Spitzenteil langsam mit wiegenden Bewegungen bis zu Annegrets Kehlkopf.

„Du bist wunderbar", hauchte die Augenweide und nestelte mit ihren feingliedrigen rot lackierten Fingernägeln an Noras Unterkleidung. Annegrets heißer Atem war dicht an ihrer Wange. Nora senkte die Lider. Die rauchige Stimme, die ihr elektrisierende Worte ins Ohr flüsterte, traten in ihrem Gehirn einen Orkan los. „Gleich", funkte es in Nora, „entfacht sich das Feuer, das sie früher miteinander erlebt hatten, doch diesmal, ohne sich dabei gegenseitig einzuengen." Sie bewegte sich unter den zärtlichen Berührungen der Hände. In Noras Kopf brandete tosend ein Wasserfall zu Tal, aus dessen schäumenden Fluten sich ein Bild schälte. Hatte sie Halluzinationen?

Sechs Augenpaare blitzten sie entrüstet an. Die drei Tischdamen, die ihre Gespielin Annegret unten im Club so überschwänglich begrüßt hatte, schienen nicht gutzuheißen, was sie sahen.

Ich spinne komplett. Annegret hat mir das Hirn vernebelt, zuckte es durch Noras Gedanken. Drohend schritten die drei Damen auf sie zu. Hatten sie vor, sie umzubringen, weil sie herausgefunden haben, dass ich nicht hierhergehöre? Wissen sie, wer ich bin? Nora brach der Schweiß aus. Ein lautes Stöhnen drang aus ihrer Kehle, das Annegret zum Anlass nahm, sie leidenschaftlich an sich zu pressen. Nora riss die Augen auf. Das Bild war verschwunden.

„Ich finde es irrsinnig prickelnd", raunte Annegret ihr ins Ohr, „wie wir uns gegenseitig entblößen. Nie hätte ich gedacht, dass du mitspielen würdest."

Nora hielt unvermittelt den Atem an. Der Wasserfall in ihrem Kopf versiegte und wurde zu einem leisen Plätschern. Die dahingehauchten Worte brachten sie in die Gegenwart zurück.

Seit einem Jahr war sie, was ihren Ehemann betraf, erheblich verstört. Sie hatte versucht, sich mit der völlig absurden Situation zu arrangieren, dass ihr Mann Heiner sich Annegret nannte und in Frauenkleider schlüpfte, kostbare Reizwäsche liebte, sich künstlich den Hintern aufgepolstert hatte und Silikonbrüste mit integrierten Brustwarzen trug. Zudem seine Männlichkeit in einem Cache aus Satin und zarter Spitze verbarg, dezent zurückgezogen durch eine versteckte Hülle. Doch unter der Aufmachung war er der Mann geblieben, der sie begehrte und den sie weiterhin liebte.

Ihr Herz pochte bis zu den Schläfen. Wie erregend es war, ungeheuer erregend, ihrem Heiner, der sich in Annegret verwandelt hatte, so nah zu sein, mit ihm eins zu sein. Fest schlang sie ihre Armen um seinen Hals und zog ihn zu sich auf das Bett.

16. Kyritzer Mord und Totschlag

Seit zehn Minuten waren sie auf dem Weg ins Wellness-wochenende.

„Ich bin total verliebt", offenbarte Sabrina ihrer Freundin unvermittelt. Elke warf ihr einen verwunderten Seitenblick zu. „Das gibt es nicht! Ich auch! Gegen wen und seit wann? Und warum weiß ich bisher nichts davon?"

„Ich gebe die Frage zurück", konterte Sabrina und lächelte versonnen.

„Das ist verrückt", bemerkte Elke, „wir sind beide dreißig, am selben Tag und im selben Jahr geboren, gingen in denselben Kindergarten, haben dieselbe Schule besucht, sind beide Ärztinnen geworden, und ..."

„Und ich bin froh, dass wir nicht auch noch aussehen wie Zwillinge", warf Sabrina dazwischen.

„Das wäre tatsächlich zu viel des Guten", kicherte Elke und hielt sich wie ein alberner Teenager die Hand vor den Mund. Insgeheim würde sie einiges dafür geben, wenigstens annähernd wie Sabrina auszusehen. Mit ihrer Sanduhrfigur und ihrer ovalen Gesichtsform war die Freundin eine Augenweide.

„Vielleicht heiraten wir sogar mal am selben Tag", schmunzelte Sabrina ironisch.

Eine Zeitlang schwiegen beide, bis Elke es nicht mehr aushielt.

„Ehrlich gesagt, hatte ich anfangs überhaupt keine Lust auf diese Reise. Nur weil du meine beste Freundin bist und dieses Wochenende bereits länger geplant war, komme ich überhaupt mit."

Sabrina antwortete nicht, denn vor ihr lag eine scharfe Kurve. Bis Neuzelle, ihrem Ziel, brauchten sie noch fünfzehn Minuten. Hier wartete der *Kummerower Hof,* und, wie es auf der Homepage hieß: Behaglichkeit, Herzlichkeit, familiäre Atmosphäre, ein einladendes Restaurant und Wellnessbereich.

„Da haben wir abermals etwas gemeinsam", erwiderte Sabrina, nachdem sie die Biegung hinter sich hatte.

„Ich war ebenfalls nahe daran, alles zu kippen. Die Trennung fällt mir schwer, auch wenn's nur drei Tage sind."

„Geht mir genauso", gab Elke zu.

„Ich kann es kaum erwarten, ihn wiederzusehen", meinte Sabrina pathetisch und lachte über ihr Gehabe. Elke stimmte in das Gelächter der Freundin ein.

„Wir benehmen uns wie alberne Gören."

„Verhalten sich Verliebte denn nicht so?"

Nach der Ankunft schlug ihnen die nette Dame an der Rezeption vor, die Klosterbrauerei zu besichtigen. Unterwegs philosophierten sie über das bevorstehende abendliche „Original Bierbad", eine Besonderheit dieses Hotels.

Sie überquerten das Klostergelände zur Terrasse und fanden den letzten freien Tisch. Sabrina staunte, wie viele Biersorten die Getränkekarte bot.

„Du meine Güte, was trinken wir bloß? Hier gibt es, stell dir vor, ein dunkles Bier Namens Mord&Totschlag. Die Rezeptur stammt aus dem Mittelalter."

Elke hatte nicht zugehört. Bei den Worten 'dunkles Bier' kam ihr spontan in den Sinn, dass sie ein solches ihrer Freundin einmal ins Gesicht geschüttet hatte.

„Weißt du noch, wie sich dieser Manni, mit dem ich vor zwei Jahren zusammen war, damals an dich rangemacht hat?"

Sabrina sah erstaunt auf. „Wie kommst du denn jetzt darauf?"

Elke zuckte mit den Schultern. „Fiel mir grad so ein. Bei unseren Männerbekanntschaften war ja immer einiges los zwischen uns."

„Er war ein falscher Hund", erklärte Sabrina knapp und wechselte das Thema. „Weißt du schon, was du trinken willst? Wie wäre es denn mit einem Seelsorger?", schlug sie vor und deklamierte: „Ein Bier für besondere Anlässe, für Stunden der Besinnung und Einkehr. - Und genau deswegen sind wir ja hier."

Solange das erste Bierbad ihres Lebens vorbereitet wurde, ruhten die beiden Freundinnen eingehüllt in kuscheligen Frotteebademänteln auf bequemen Liegestühlen. Warme Gemütlichkeit umgab sie. Sabrina hielt die Augen geschlossen. Elke lugte zu ihr herüber und betrachtete neidisch das wohlgeformte Profil der Freundin. Ihre Gedanken wanderten erneut in die Vergangenheit.

„Erinnerst du dich noch an Sebastian? Ich war total verknallt in den. Nachdem er dich kennenlernte, blieben mir noch gut drei Tage mit ihm."

Sabrina schlug die Augen auf. „Was ist nur los mit dir? Was vorbei ist, ist vorbei. Reden wir doch lieber von der Zukunft."

Elke nickte. „Addi gehört mir. Und das meine ich genauso. Wehe, du spannst ihn mir aus!"

„Himmel noch mal! Ich bin glücklich mit Dolf. Gegen ihn hat kein anderer eine Chance", wehrte sich Sabrina.

Melancholisch flüsterte Elke: „Ich habe solche Sehnsucht nach ihm. Wenn er mich mit seinen feuchten dunklen Augen ansieht, könnte ich wegschmelzen."

„Meiner hat lange Wimpern", schwärmte Sabrina. „Solche habe ich noch nie bei einem Mann gesehen."

Beide gerieten ins Schwärmen.

„Addi ist fast ein Meter neunzig", träumte Elke weiter und schickte einen verzehrenden Seufzer hinterher.

„Dolf", setzte Sabrina hinzu, „ist ein wahrhaft richtiger Mann mit starken Armen, die mich fast zerdrücken."

Das Bierbad im heimeligen Kellergewölbe war endlich angerichtet. Die Betreuerin legte letzte Handgriffe an und forderte sie auf, in die Wannen mit dem schäumenden Gerstensaft zu steigen. Auf der kopfseitigen Ablage standen die Badeutensilien und zwei Flaschen des Originals Badebiers bereit.

„Bier von innen und außen", lachte Sabrina.

Langsam kletterten die beiden Freundinnen in das 38 Grad warme schäumende Bierbad.

»Großartig«, murmelte Sabrina.

Elke griff zur Kopfseite nach ihren Biergläsern mit der gleichen Flüssigkeit, und reichte Sabrina ihres herüber.

„Auf unsere hoffentlich letzte, endgültige, bis in alle Ewigkeit reichende große Liebe", proklamierte Elke.

Die Betreuerin entfernte sich für einige Minuten, um sie ungestört der Entspannung zu überlassen. Elke lehnte den Kopf zurück und tauchte erneut in ihre gemeinsamen Männererlebnisse ab. Die schmerzliche Erinnerung daran, sie verstand es selbst nicht, ließ sich nicht vertreiben.

„Vor vier Jahren hast du mir unseren Kollegen Jochen Mannsfeld, der mit dem Beatlespilzkopf, weggeschnappt."

„Der war wirklich süß", gluckste Sabrina. „Aber wir hatten doch beide was von ihm."

„Das stimmt wohl. Sauer war ich trotzdem. Ich hätte dich umbringen können", erboste sich Elke. Warum beschäftigte sie sich mit Schnee von gestern?

„Ist doch alles vorbei", versuchte Sabrina der Sache etwas Schärfe zu nehmen. „Sag mal, was macht dein Addi denn so, ich meine beruflich?"

Elke richtete sich wieder auf.

„Er ist im IT-Geschäft. Viel weiß ich noch nicht. Wir kennen uns ja erst seit einer Woche."

„Und ich Dolf gerade mal zwei. Er hat eine kleine Computerfirma."

„Ja, genau, an so was erinnere ich mich," warf Elke ein.

„Wie? An was?"

Elkes Nacken kribbelte. Es geschah immer, wenn sich zwischen ihr und ihrer Freundin männertechnische Ungereimtheiten anbahnten.

„Addi hat von so was gesprochen?"

„Vielleicht sind sie ja beide selbstständig", folgerte Sabrina.

Die Freundinnen lehnten sich zurück und atmeten tief durch. Elke genoss, wie die Kohlensäure ihre Hautdurchblutung anregte. Doch das vollkommene Wohlgefühl setzte bei ihr nicht ein.

„Als wir uns vor einem halben Jahr wie die Kesselflicker um Michael gestritten haben, wäre unsere Freundschaft beinahe zerbrochen. Erinnerst du dich?"

„Er war ein Arschloch und hat dich nicht wirklich geliebt, sonst wäre er nicht auf mich eingegangen", schwächte Sabrina ab.

„Was du nicht sagst. Aber im Bett war er gut, oder? Das hat dir gefallen!", erwiderte Elke spitz.

Sabrina antwortete nicht, nahm stattdessen einen weiteren Schluck ihres Bieres. Die Betreuerin kehrte zurück und das Gespräch war damit unterbrochen. Sie fragte, ob sie Nachschub bringen solle. Nach einem einstimmigen Ja verließ sie den Baderaum wieder.

„Warum machst du das immer?", ließ Elke die Unterhaltung erneut aufflammen.

„Was?"

Elkes Nackenkribbeln verstärkte sich spürbar. Sie schoss in der Wanne hoch.

„Das weißt du doch. Jetzt stell dich nicht blöder an, als du bist!"

Auf diese Äußerung hin richtete sich Sabrina ebenfalls auf.

„Also, ich glaub's ja nicht! Hast du sie noch alle? Jetzt verdirb uns hier nicht den Spaß!"

Elke sank zurück in die gelbbräunliche Flüssigkeit. Der Bierschaum hatte sich teilweise aufgelöst.

„Sag mal, sieht dein Dolf gut aus?"

Die Betreuerin kam mit den bestellten Getränken und füllte die Gläser. Dann lasse ich Sie nochmals für einige Zeit allein."

„Ob er gut aussieht? Hatte ich jemals einen unattraktiven Mann?", entgegnete Sabrina gespielt hochnäsig. „Dolf sieht ausgesprochen super aus. Hochgewachsen, schlank, dunkle wellige Haare, Kinngrübchen und ein kleines süßes Muttermal über der rechten Oberlippe, perfektes Outfit, modisch interessiert. Rundherum ein Traumtyp mit guten Manieren." Sie griff ihr Glas: „Auf unsere beiden Traummänner!"

Elke nickte bedächtig und trank zu hastig.

„Da haben wir wohl wieder den gleichen Geschmack. Genau unser Typ Mann." Sie legte eine rhetorische Pause ein. „Addi fährt ein silbergraues BMW Cabrio", fügte sie hinzu.

„Meiner einen Z 4, auch silbergrau", ergänzte Sabrina. „Diesmal scheinen wir es super getroffen zu haben. Was wollen wir mehr?"

Eine Weile schwiegen sie.

„Sein richtiger Vorname ist Adolfo«, erklärte Sabrina. Die Abkürzung Dolf klingt etwas hart, meinst du nicht?"

Langsam öffnete Elke ihre Augen, richtete den Oberkörper auf und fixierte ihre Freundin. „Adolfo Brenner, Sebastianstraße 24?", fragte sie ungläubig.

Sabrina nickte verdutzt und stellte die überflüssige Frage, woher sie das wisse. Elke sah rot. Ehe sie merkte, was mit ihr passierte, sprang sie aus der Wanne, stieß den Hocker mit den Handtüchern um, stürmte zu Sabrina hinüber und drückte ihren Kopf unter Wasser.

„Von wegen supergetroffen!", kreischte sie dabei. „Den behalte ich! Den kriegst du nicht, du verdammte Schlampe!"

Sabrina tauchte kurz auf und schnappte nach Luft.

„Bist du wahnsinnig?!", brachte sie mühsam heraus und versuchte, die Angreiferin abzuwehren. Doch Elke war mit einem Satz in der Wanne und zog ihr die Beine hoch. Sabrinas Kopf glitt erneut unter das Wasser.

Die Betreuerin eilte zur Tür herein.

„Was um Gottes willen treiben Sie denn da?!"

Bevor sie einzugreifen vermochte, holte Elke aus und traf die Physiotherapeutin direkt auf den Kehlkopf. Reglos blieb sie am Boden liegen. Elke hatte keine Zeit, nach ihr zu sehen, denn Sabrinas Kopf kam wieder zum Vorschein. Sie kämpfte um Luft und strampelte wild. Der Gerstensaft mit gleich drei Bäderarten in einem spritzte in alle Richtungen. Elke warf sich auf ihre Freundin. Mit gespreizten Beinen kniete sie über Sabrinas Brust. Die stöhnte gequält auf. Elke legte ihr gesamtes Oberkörpergewicht in Arme und Hände und drückte den Kopf bis auf den Badewannengrund. Es war noch so viel Bier darin, dass Sabrinas Nase bedeckt war. Zum Ertrinken reichte es. Sabrinas Beine zappelten lahmer.

„Diesmal nicht, sag ich dir! Diesmal nicht, du Männer verschlingendes Miststück!" Gefühlte eineinhalb Minuten hielt sie Sabrina unten. „Ich sag dir, wie dein Tod abläuft, du falsches Luder." Elkes jahrelang aufgestaute Wut auf die Freundin löste sich in einem einzigen Schwall.

„Jetzt rekapitulieren wir, was wir im Hörsaal gelernt haben. Erst kommt die inspiratorische Apnoe. Gleich darauf stellt sich das zwanghafte Einatmen und Verschlucken der Flüssigkeit ein. Ha, lass es dir munden! Nun bekommst du zu wenig Sauerstoff", keuchte Elke wie von Sinnen und hielt dabei Sabrinas Kopf auf den Wannenboden gepresst. „Und danach verlierst du das Bewusstsein. Die Folge ist, wie du weißt, die Stimmritzenverkrampfung. Und was macht die?" Als hätte Elke der Irrsinn gepackt, würgte sie ihre Freundin. „Ich sag dir was, Frau Doktor Superweib, du kriegst überhaupt keinen Kerl mehr, niemals!"

Sabrina rührte sich nicht mehr.

Langsam fand Elke sich wieder, zog ihre Hände zurück und richtete sich auf. Sabrinas Bronchialsekret hatte sich mit der aufgenommenen Flüssigkeit vermischt. Elke starrte auf den leblosen Körper. Allmählich begriff sie, was sie angerichtet hatte. Eine heiße Welle durchfuhr sie. Ihre Zunge klebte am

Gaumen. Wie in Trance erhob sie sich, hielt sich am Wannen-rand fest, hob ein Bein, um auszusteigen. In der nächsten Sekunde hallte ein entsetzter Schrei die Luft. Sabrinas Kopf war mit Schaum vor dem Mund aus dem Wasser geschossen. Ihre ausgestreckte Hand umschloss wie eine Greifzange Elkes Knöchel. Für einen Moment schien Elke in der Luft zu schweben, kippte kopfüber aus der Wanne, schlug mit der Stirn auf die Bodenkacheln und blieb reglos liegen. Kurz darauf lag ihr Gesicht in einer dicken Blutlache. Sabrina rutschte zurück ins Badewasser. Leblos fiel ihr Kopf zur Seite.

Die gerufenen Polizisten starrten verblüfft und sprachlos auf das bizarre Bild vor ihren Augen. Als sie kurz zuvor der Notruf des Landhotel *Kummerower Hof* über drei Bierleichen in der Wellnessabteilung erreichte, hatten sie sich etwas anderes vorgestellt.

17. Das Komplott

Anna Bachmann stand in der Diele und sah auf die zuge-
schlagene Haustür. Wie all die letzten Jahre vorher hatte Heinz
sie heute Morgen nicht angesehen und grußlos das Haus verlassen. Wieso blieb sie bei ihm?

„Ich könnte dich umbringen", murmelte Anna.

Ohnmächtig und ratlos ließ sie sich in den Korbsessel neben dem Garderobenständer fallen. Erhob sich nach einigen
Sekunden und durchlief mehrmals die Diele, schritt zum Fenster, sah den Wagen abfahren. Sie war sich sicher, dass er sie in
den nächsten Stunden erneut mit diesem Sekretärinnenflitt-
chen betrügen würde. Anna hatte keine Ahnung, warum ausgerechnet jetzt die sparsam gehaltene Flamme der Wut in ihr
bedrohlich aufloderte. Der Wunsch, etwas zu ändern, beherrschte sie übermächtig. Sie sehnte sich, wieder die alte zu
sein. Der Weg bis hin zur jetzigen Anna war schleichend ver-
laufen und hatte fünfzehn Jahre gedauert. Aber für die umge-
kehrte Richtung musste sie eine Abkürzung nehmen. Hoffentlich schickte ihr der Himmel Hilfe.

Das Läuten schreckt sie aus ihren Gedanken. Für gewöhnlich nahm Anna die Sprechanlage in Anspruch, aber jetzt, so in
ihrer Seifenblase, öffnete sie kurzerhand die Haustür.

In dem Augenblick, wie sie die junge Frau vor ihr erkannte, umschloss sie den Türknauf mit ihrer Faust, dass es schmerzte. Katharina, seit eineinhalb Jahren die Sekretärin ihres Mannes, sah sie herausfordernd an.

Sie, durchfuhr es Anna, schien nicht die Hilfe des Himmels sein.

Anna, vollschlank, gekleidet mit einem dunkelblauen, schlicht geschnittenen Kleid, wirkte bieder. Die ehemals vollschwarzen Haare durchzogen feine weiße Strähnchen. Die schulterlange Naturkrause war in strenger Form im Nacken verknotet. Sie ließ ihre Augen über Katharina gleiten.

Die Konkurrentin hingegen steckte in einem roten Hosenanzug mit eng tailliertem Blazer. Darunter blitzte eine pechschwarze Bluse. Der blonde Schopf war zu einem Pferdeschwanz gebunden. Die geröteten Wangen ließen auf ein frisches wohliges Körpergefühl schließen.

Sie sieht nicht aus wie ein Flittchen, überlegte Anna.

„Ich darf doch reinkommen, Frau Bachmann."

Der bestimmende Ton ließ Anna nur nicken und einen Schritt zurücktreten. Sofort war ihr klar, dass der Besuch mit Heinz zusammenhing. Er war der Geschäftsführer ihres Familienunternehmens mit über 100 Angestellten. Und wie all die vielen Sekretärinnen vor Katharina war sie jetzt seine Geliebte.

Anna schloss hinter der Rivalin die Tür.

»Was wollen Sie?«

„Wie halten Sie das nur aus, Frau Bachmann? Warum tun Sie nichts, und – meine Güte - warum haben Sie all die Jahre nichts getan!?"

„Bitte!?"

„Frau Bachmann, Sie wissen doch, dass ich mit Ihrem Mann schlafe, seitdem ich bei ihm arbeite, oder?"

Anna nickte. Ihre Stimme klang fest. „Und ich weiß auch von all denen vor Ihnen – und von all denen, die noch nach Ihnen kommen werden. Aber Sie sind doch nicht hier, um mir zu erzählen, dass Sie mit meinem Mann schlafen?"

Katharina schnaubte.

„Er hat mich gefeuert, angeblich bin ich plötzlich inkompetent - dieser Arsch."

Anna schluckte, aber es berührte sie nicht, wie Katharina ihren Mann bezeichnete.

Katharinas Wangen röteten sich. „Ich hatte sofort dieses Gefühl im Bauch, wissen Sie, als sich diese Lolita vorstellte. Eigentlich vorgesehen für die Buchhaltung. Doch Heinz war derart von ihr angetan, dass er sie für sich selbst beschlagnahmt und kurzerhand auf meinem Posten gesetzt hat. Er hat die uneingeschränkte Macht."

Katharina postierte sich auf Augenhöhe vor ihr, sah sie fest an und sagte mit schneidender Stimme. „Ich sag's Ihnen, noch jünger als ich, noch blonder und noch – ach, Sie wissen schon." Sie holte tief Luft, trat einige Schritte zurück, schwang theatralisch ihre Arme und fluchte. „Der glaubt wohl, weil er der Boss ist, kann er sich alles erlauben – und Sie, Sie lassen sich das gefallen. Ich verstehe das nicht!"

Anna stach es in der Brust. Sie nickte benommen, sann kurz nach und fragte sich, ob es in Ordnung war, sich dieser Frau anzuvertrauen. Sie hatte etwas in ihr in Gang setzen, sie gepackt und das fiebrige Kribbeln in ihr geschürt. Anna schämte sich nicht. Sie erzählte. „Heinz hat mich damals geschickt aus dem Geschäftsleben herausgetrieben. 'Das ist nichts für eine Frau', hat er so oft wiederholt, bis ich müde nachgegeben habe. Müde von den heimlichen Verhältnissen, die so unmittelbar vor meinen Augen abliefen." Anna verzog bitter den Mund. „Zudem trifft es mich heute nicht mehr. Er kann besexen, wen er will."

„Sorry, aber das kaufe ich Ihnen nicht ab. Jede Frau kann nur eine gewisse Zeit diese schmerzende Demütigung durch Betrug ertragen? Und außerdem", Katharina schluckte mehrmals, ehe sie sich weiter empörte, „kann er das alles doch nur, weil sie ihm den Weg ebnen. Glauben Sie denn, Frau Bachmann, auch nur eine Frau würde sich - entschuldigen Sie - für Ihren Mann begeistern, wenn er nicht der allmächtige Boss wäre? Nicht ständig die dicke Kohle heraushängen ließe, in üppiger Weise teuren Schmuck, Pelze und reizvolle Kurzurlaube verschenken würde?«

Diese großzügigen Aufmerksamkeiten hatte Anna nur vermutet, aber war sich nicht sicher gewesen.

»Sie, Frau Bachmann, haben seine Zukunft in der Hand. Sie können das alles ändern, indem Sie ihm seine Möglichkeiten entziehen."

Anna schloss die Augen. Glühender Zorn stieg in ihr hoch. Schmuck, Pelze, Kurzurlaube. In ihrem Kopf pochte das Blut. Ihr Groll richtete sich gegen Katharina.

„Für mich sind Sie ein billiges Flittchen, das sich an meinem Mann rächen und mich dazu benutzen will. Bitte gehen Sie."

Zu Annas Überraschung bekundete Katharina ungerührt der harten Worte. „Ich an Ihrer Stelle würde meinem untreuen Gatten den Nährboden unter dem Arsch wegziehen. Egal, was Sie unternehmen wollen, ich helfe Ihnen dabei, auch als Flittchen." Sie warf ihre Visitenkarte auf die Kommode. „Rufen Sie mich einfach an, wenn Sie so weit sind. In der nächsten Zeit bin ich auch tagsüber zu Hause."

Anna starrte auf die kleine weiße Karte mit der knallroten Schrift. Sie weigerte sich, einzugestehen, was Katharina in ihr bewegt hat. Diese Frau war voller Leben, engagiert, ließ sich nichts bieten, war, wie sie selbst früher einmal gewesen war, vor fünfzehn Jahren.

Heinz kam erst spät in der Nacht heim. Anna stellte sich schlafend. Er roch nach Parfüm, die Marke kannte sie nicht. Eine heiße Welle jagte durch ihren Körper. Schluss! Nichts von dem, was ist, war sie gewillt, länger zu ertragen.

Am darauffolgenden Nachmittag telefonierte Anna mit Katharina.

„Ich weiß noch nicht, warum ich mich ausgerechnet mit Ihnen zusammentun sollte, da Sie mich genauso hintergangen haben wie mein Mann."

Katharina lachte leise in den Hörer.

„Weil ich abserviert wurde, wie Sie bereits vor Jahren und weil Sie sicher sein können, dass meine Rache auch die Ihre ist."

Anna zögerte. „Sie haben recht", erklärte sie kurzerhand, „und ich bin bereit. Am besten übernehmen Sie das Schriftliche, morgen haben Sie die nötigen Unterlagen, wenn Sie alles vorbereitet haben, treffe ich mich mit meinen Anwälten."

Kurz bevor Heinz am nächsten Morgen ins Büro fuhr, ließ er Anna wissen.

„Ich bin ab Donnerstag auf Geschäftsreise und fahre am Montagmorgen gleich vom Flughafen ins Büro."

„Kurzurlaub mit der neuen Sekretärin?", konterte Anna forsch und wunderte sich erschrocken, wie schnell ihr inneres Feuer ihre Zunge löste.

„Lass diesen Unsinn, ich arbeite für das Wohl der Firma, das weißt du genau."

Am Montagmorgen Schaute sie amüsiert in sein völlig verblüfftes Gesicht, sie hinter seinem Schreibtisch sitzen zu sehen. Ihr Ehemann schnappte nach Luft, brachte aber keinen Ton heraus.

Als sähe er sie zum ersten Mal, starrte er auf ihre gelockten frisch gefärbten schwarzen Haare. In dem klassischen grauen Kostüm mit der weißen Bluse wirkte sie wie eine Lady. Hinter seinem Rücken erblickte Anna seine neue Sekretärin, die sich verstört vor ihr zu verstecken suchte.

Anna musterte sie kurz. Wie recht Katharina hatte.

„Mein lieber Heinz«, erklärte Anna, »es wird Zeit, dir Einhalt zu gebieten."

»Bitte, was ...?«

Anna reagierte nicht, deutete mit dem Zeigefinger auf die Schreibtischplatte und forderte: „Sämtliche Schlüssel hierhin, einschließlich die deines Porsches. Das schöne Leben ist vorbei, Heinz. Du arbeitest nicht für das Wohl der Firma, sondern nur für das Wohl deines Unterleibs."

Er schnappte nach Luft.

„Anna, was ist nur in dich gefahren, nach all den Jahren."

„Nach all den Jahren bin ich endlich aufgewacht – und du bist entlassen – und die junge Dame hinter dir mit."

Seine Haut wurde fahl, die Sekretärin hinterdrein rot und wich einen Schritt von ihm.

„Die Scheidung ist eingereicht – und - ab heute werde ich mit Unterstützung einer kompetenten Assistentin das Unternehmen leiten. Sie schaute zur angelehnten Tür, die ins Sekretariat führte. Katharina erschien mit einem breiten Lächeln im Türrahmen.

18. Ellas Trauma

Es hatte sich zum x-ten Mal wiederholt. Nur die Männer waren jedes Mal andere. Diesmal hieß er Ralf. Vor Stunden war er gegangen. Sie sah im Geiste noch immer seinen abschätzenden Blick auf ihren nackten Körper vor sich, hörte die leisen, scharfen Worte:

„Du bist keine erwachsene Frau von dreißig Jahren, du scheinst emotional im Alter eines Kindes stecken geblieben zu sein."

Sie kannte ihn seit Wochen, und seitdem versuchte er, mit ihr zu schlafen. Doch sobald er sich fordernd ihrem Schoß näherte, zog er sich zusammen wie eine Auster. Ein Eindringen war nicht möglich. Wenn er dann verzweifelt nach ihrer Hand griff, damit sie ihn anfasste, wurde diese schwer wie Blei, stemmte sich mit aller Kraft gegen eine Berührung. Jedes Mal wurde es Ella speiübel. Der Schweiß brach ihr aus.

Eines Tages wird alles anders. Sie zog die Bettdecke hoch. Trotz der schwülwarmen Sommernacht fror sie.

„Was ist denn mit Ralf?", fragte ihre Mutter sie am nächsten Morgen bei Tisch. „Es wäre gut, wenn du endlich den Richtigen finden würdest, mein Kind. Deine biologische Uhr tickt unbarmherzig weiter. Ich möchte noch Oma werden, bevor ich sterbe."

Bei dem Wort *Oma* zuckte Ella zusammen. Sie schweifte zurück in ihre Kindheit. Den größten Teil davon hatte sie bei ihrer Oma verbracht, weil die Mutter einer Arbeit nachgehen musste. Der Vater hatte die Familie verlassen.

„Ach, weißt du, Ella", riss Mutter sie aus ihren Gedanken, „dass Frank Klarenbaum, du erinnerst dich doch noch an ihn, ebenfalls Selbstmord begangen hat, genau wie sein jüngerer Bruder vor einem Jahr?"

Ella legte das Wurstbrot zurück auf den Teller, strich sich eine Strähne ihrer langen braunen Haare aus dem Gesicht und schaute ihre Mutter aus ihren dunklen Augen an. .

„Ach ja, scheint in der Familie zu liegen."

„Ja, ja, die Klarenbaumbrüder", sinnierte ihre Mutter leise. „Sie waren wie die Orgelpfeifen, fünfzehn, sechzehn und siebzehn Jahre."

Ella biss in ihr Wurstbrot.

„Schrecklich", klagte die Mutter.

„Was?"

„Ihr Tod, mein Kind. Jetzt ist nur noch einer übrig".

Wie immer setzte das Kribbeln in den Fingern ein und beherrschte in Windes Eile ihren gesamten Körper. In der nächsten Minute war Ella schweißnass.

„Ella, Kind, ist dir nicht gut?", vernahm sie wie aus weiter Ferne die besorgte Stimme ihrer Mutter.

Ella reagierte nicht. Sie war im Augenblick neun Jahre und in dem kleinen Wald hinter dem Spielplatz.

„Es ist schon unglaublich", fuhr ihre Mutter fort, „dass sich einer nach dem anderen umbringt. Frank ein gestandener Anwalt, Klaus ein erfolgreicher Kaufmann. Die armen Ehefrauen."

„Scheiß au...", holte sich Ella in die Wirklichkeit zurück.

Der entsetzte Blick der Mutter ließ ihre Hand erschrocken auf den Mund klatschen.

„Was macht eigentlich der Dritte von den Klarenbaums?", lenkte Ella rasch ab, „er ist, glaube ich Arzt. Wo lebt er?"

„Wenn es dich interessiert, erkundige ich mich. Geht es dir besser, Kind? Du solltest zum Arzt gehen, deine Schwächeanfälle machen mir Sorgen. Was ist nur mit dir?"

Ella überhörte die Frage.

Eine scheinbar endlos wirkende Stille folgte. Ellas Augen verloren sich in denen der Mutter. Innerlich heftig erregt, warf sich Ella ihrer Mutter an den Hals und weinte hemmungslos. Die Mutter stand regungslos und ließ Ella weinen, strich ihr übers Haar, derweil ihre Tränen die Bluse durchnässten.

Eine Woche später schaute Ella aus einem kleinen Hotelzimmer in Hamburg direkt auf das gegenüberliegende Haus mit der Allgemeinarztpraxis Dr. Heiner Klarenbaum. Es war ein warmer Augustabend. Die Temperaturen lagen bei 28 Grad.

Gegen 19 Uhr verließ ein gutaussehender Mann das Gebäude. Er näherte sich einer grauen Limousine, die auf dem hauseigenen Parkplatz stand. Du warst schon immer der Attraktivste der Brüder, schoss es Ella durch den Kopf.

Rasch warf sie einen Blick in den Spiegel, dankte kurz dem Himmel für ihr Aussehen und verließ das Hotelzimmer. Das Kribbeln setzte ein. Nein, nicht jetzt.

„Ich kenne dich doch, du bist Heiner Klarenbaum."

Er starrte sie an und lachte irritiert.

„Ich bin Ella, Ella, aus Duisburg, da hast du mir gegenüber gewohnt."

„Ja Ella!", rief er laut und klatschte kräftig in die Hände. „Das gibt's doch nicht!" Er setzte einen Schritt zurück. Musterte sie von oben bis unten in ihrem dunkelroten Seidenkleid, das ihre schwarzen Haare zur Geltung brachten. „Du bist ja eine wunderschöne Frau geworden."

„Hast Du etwas Zeit, gehen wir was trinken?"

Er sah auf seine Uhr.

„Natürlich, natürlich! So was. Komm, ich weiß ein kleines Restaurant. Also ich bin sprachlos."

Ella wunderte sich, dass alles so glatt funktionierte. Sein Wagen durchbrauste Hamburg und hielt endlich vor einem etwas abseits gelegenen Lokal. Hier würde er sonst nie hingehen.

Bei Wein und Käse erzählte Heiner von seinem Leben, seiner Frau und seiner Arbeit, die er liebte. Schwärmte vom neu erbauten Haus am Stadtrand Hamburgs. Ella hing an seinen Lippen und gab ihm ein Gefühl von Wichtigkeit. Unvermittelt schwenkte Heiner aus der Gegenwart in die Vergangenheit.

„Was macht eigentlich dein Onkel Theo? Das waren Zeiten damals in Duisburg. Ich muss noch oft daran denken."

„Ja? Auch an den kleinen Wald hinter dem Spielplatz?", fragte Ella und hatte Mühe, das aufkommende Zittern in ihrer Stimme zu unterdrücken. Heiner sah sie für Sekunden mit flackernden Augen an.

„Ach, die Spielchen, ja, ja", lachte er gekünstelt.

Ella saß ihm starr gegenüber, ihren Kopf in die Hände gestützt, ihre Augen fest auf Heiner gerichtet und führte mit ihrem Körper einen erbarmungslosen Kampf. Wie vor mehr als zwanzig Jahren erlebte sie seinen brutalen Finger in sich, der sie damals im dunklen Keller von Klarenbaum neben den Sprudelkästen unter heftigen Schmerzen entjungfert hatte. Sie war gerade sechs geworden. Jetzt entfuhr ihr ein spitzer Schrei, seinerzeit hatte sie entsetzt aufgeschrien. Heiner rutschte unbehaglich auf dem Stuhl hin und her. Ella lächelte ihn beruhigend an. Allmählich ließ ihr inneres Zittern nach. Die Kälteschauer verflüchtigten sich. Zurück blieb nur das Kribbeln. Tausend kleine Nadeln führten auf ihrer Haut einen barbarischen Tanz aus. Sie beugte sich über den Tisch zu ihm herüber. Mit großer Mühe beherrschte sie ihre Gefühle und flüsterte schmeichelnd.

„Die Spielchen, Heiner. Wir können sie wieder aufnehmen. Morgen Abend nach Sonnenuntergang."

Das Appartement lag im zwölften Stock des Hochhauses. Ella begrüßte ihn in einem hauchdünnen Sommerkleid, ein Glas Champagner in der Hand und schaute ihm auffordernd in die Augen. Heiner aber hatte nur Blicke für ihren verführerischen Körper und nahm wahr, dass ihn nur das Kleid verhüllte. Benommen übergab er ihr die Rosen.

„Du bist wunderschön", murmelte er.

Ella nickte ihn herein und warf die Blumen aufs Bett. „Hier, trink." Sie gab ihm das Glas Champagner. „Wir müssen unser Wiedersehen feiern, so richtig feiern, verstehst Du?"

Heiner nickte und trank. Ella füllte nach. Stieß mit ihm an. Zufrieden vernahm sie, wie seine Augen über ihren Körper glitten. Nach dem elften Glas verlor Heiner die Beherrschung und zog sie unkontrolliert an sich. Geschickt drehte Ella sich aus der Umarmung.

„Komm, Heiner Klarenbaum, Herr Doktor". Sie griff seine Hand. „Ich zeige Dir etwas." Sie zog ihn durch die geöffnete Flügeltür hinaus auf die Dachterrasse des Appartements hin bis zur Brüstung. Dort drängte sie ihn mit dem Rücken an das Gestänge, presste ihren Körper an ihn, löste seinen Schlips, öffnete sein Hemd, den Hosengürtel ...

Heiner stöhnte auf. Hastig streifte sie ihr Kleid ab. Er schien erstarrt von ihrer Schönheit. Ella nutzte die Sekunden. Flink griff sie nach dem am Boden liegenden Seil, das seit Stunden dort wartete.

„Was machst du da?", hauchte Heiner erregt und schloss für einen Moment wohlig die Augen. Ella gluckste leise.

„Ich weiß ein geiles Spielchen", flüsterte sie ihm direkt auf den Mund und schob ihre Zunge hinein. Wie routiniert umwickelte sie unter Küssen seinen Körper von oben bis hin zu den Füßen mit dem Seil. Das extra ein Meter lang gehaltene Ende schnürte sie mit der einen Hand einige Male um den Geländerpfosten neben ihr, derweil sie mit der anderen verlangend mit seinen Hoden spielte.

»Ist das geil«, stöhnte Heiner wollüstig. Schien völlig zu vergessen, wie hilflos er ihr ausgeliefert war. Eingelullt in lasziven Erwartungen ließ er alles mit sich geschehen. Ella erspürte durch die Hose sein steifes Glied, packte zu, als hielte sie den Stiel einer gusseisernen Bratpfanne. Heiner jaulte auf.

„Weißt du noch?", zischte sie ihn an und drückte bei jedem Wort fester zu. „Damals? Nur das meine Hand viel kleiner war. Und deine übermächtig, als sie nach meiner gegriffen hat und ich dein dickes Teil anfassen musste, das für mich absolut in keine Hose zu passen schien."

Heiner schien langsam zu begreifen. „Bind das Seil los", krächzte er.

„Wie du und deine Brüder vor mir auf dem Baumstamm saßen, über meine Tränen grinsten, als ihr mir eure dicken steifen Schwänze entgegengestreckt habt, lachten über meine unverständlich dreinblickenden Kinderaugen."

„Verdammt! Bind das Seil los!"

Ella ließ sich nicht beeindrucken. War in ihre Kindheit und dem traumatischen Erlebnis abgetaucht.

„Ihr habt meine unfertige kleine Hand abwechselnd um eure Schwänze gedrückt, nein!, gepresst, sie nochmals mit eurer Hand umklammert, damit der Griff fest genug war. Sie dann solange hin und her gezerrt, bis etwas herausspritzte, mir mitten ins Gesicht. Es schüttelt mich immer noch, wenn ich euer Schnaufen dabei in den Ohren habe.

Ella kniff in seine Eier. Im nächsten Moment zügelte sie sich, sonst wären sie Brei gewesen.

Heiner schrie. Ella sah ein abgestochenes Schwein vor sich.

„O nein, mein Lieber, ich binde hier nichts los." Ihre Stimme übertönte sein Schreien. „Du wirst jetzt Selbstmord begehen, genau wie deine Brüder."

„Neiiiin! Du!?"

„Jaaaa! Iiiich! Du miiiiiese Ratte!", schmetterte sie ihm entgegen. Blitzschnell beugte sie ihren Oberkörper Richtung Boden und umschlang seine Schienbeinknöchel. Mit keuchendem Atem stemmte sie sich ruckartig hoch, stieß den gehassten Mann mit aller Kraft über das Geländer in die Tiefe. Sie war sicher, es klappte. Hatte sie doch vorher die Terrasse genau in Augenschein genommen.

Sein langanhaltender Schrei ließ sie kalt. Das Ende des Stricks hielt Ella fest in ihren Händen. Mit schrägem Oberkörper stemmte sie sich mit ihren Füßen gegen die untere Querverstrebung der Brüstung. Wie vorherzusehen, spulte sich das Seil im Fallen von seinem Körper ab.

„Stell dir vor, Ella, auch Heiner Klarenbaum hat Selbstmord begangen", berichtete ihre Mutter Tage später fassungslos beim Abendessen. Ella biss in ihr Wurstbrot.

„Ich sagte doch, es liegt in der Familie", murmelte sie mit vollem Munde.

19. Mutter Lydia

"Herbstzeit – Pilzezeit", murmelte Heike Verhofen spöttisch. Sie lehnte am Türrahmen und verfolgte das Treiben der 65-jährigen Frau in der Küche, die sie an Joan Collins aus der Serie Denver erinnerte. Mutter Lydia, wie Heike sie seit ihrer Kindheit nannte, stand vor der Spüle, ihre Hände im Wasser und wusch die selbst gesammelten Pilze. Heute Abend würde es abermals etwas mit grünem Ritterling, Stockschwämmchen, Champignons oder verschiedenen Schleierlingen geben. Heike war all die Jahre eine gelehrige Schülerin gewesen und hatte sich enorme Pilzkenntnisse angeeignet. Ihre Augen verengten sich. Wie so oft fragte sie sich, was aus ihrem Leben geworden wäre, hätte ihr Vater nicht dieses fremdartig wirkende und dabei einen gewissen Zauber ausstrahlende Wesen geheiratet. Den Ehestress mit ihr hatte er nur 60 Monate durchgehalten, bevor ihn ein Herzinfarkt dahinraffte. Bei seinem Tod war sie 13 Jahre gewesen, zu jung, um auf eigenen Füßen zustehen. Aber, so fragte sie sich, wieso hatte sie es bis heute nicht geschafft, sich von Mutter Lydia zu befreien?

Einmal, vor vielen Jahren, hatte sie es gewagt auszuziehen. Mutter Lydia war daraufhin in panischer Angst vor der Einsamkeit fast erstickt. Sie bekam eine schwere Nervenentzündung, lag fünf Wochen im Krankenhaus und Heike saß fünf

Wochen an ihrem Bett. Auf ihr Flehen hin schwor sie der Verzweifelten beim Allmächtigen, sie nie zu verlassen. War Lydia sonst ein Energiebündel mit schrillen Ideen und absurden Fantasien, schrie sie wie ein kleines Kind um Zuwendung, klammerte sich an ihre Stieftochter wie eine Ertrinkende, wenn diese sich aus ihrem Dunstkreis entfernte. Absolut übertrieben empfand Heike, dass alles, was ihr gehörte, Mutter Lydia ebenfalls beanspruchte - einschließlich der wenigen Männer, die sie ihr vorgestellt hatte. Doch bei Peter war sie sich sicher. Er stand nicht auf ältere Damen. Er war fünfundvierzig und geschieden. Vor einem Monat hatte Heike, sie war Nachtschwester, den Patienten auf ihrer Station kennengelernt. Eine Woche Nachtdienst, zwei Wochen frei. So war Mutter Lydia nur sieben Tage und das nur nachts allein.

Heike atmete gegen die Spannung in ihrer Brust. Diesem Druck war nicht beizukommen. Sie war gezwungen, den Schmerz auszuhalten. Verhaltene Wut kam in ihr auf. Wut, die sie jedes Mal packte, wenn sie sich ihrer Ohnmacht und Feigheit bewusst wurde. Sie stürmte in ihr Zimmer, zerrte die Reisetasche unter dem Bett hervor, riss die Schranktür auf und die Kleider von den Bügeln. Soweit war sie häufiger gekommen. An diesem Punkt wurde sie regelmäßig mutlos, warf sich seufzend in den Sessel und trommelte mit den Fäusten auf die Lehne.

„Heike, willst du Kartoffeln oder Reis zu den Pilzen!", schallte Mutter Lydias Stimme zu ihrem Zimmer herüber.

Eines Tages wird es klappen. Mit Peter würde sie Lydia auf keinen Fall bekannt machen. Ihn heiraten und ausziehen. Sie hatte ein Recht auf ein eigenes Leben, wenngleich sie bei dem Gedanken ihr Gewissen plagte. So, als ob sie ihre Stiefmutter verriet. Eine Frau, in deren Adern nicht einmal ihr Blut floss.

An einem Morgen Mitte Oktober betrat Heike gegen neun Uhr früh erschöpft vom Nachtdienst die Wohnung. Sie freute sich auf ihr Bett, lugte rasch ins Esszimmer, in dem sie Mutter Lydia vermutete, und blieb wie vom Blitz getroffen in der Tür stehen. Wie zwei Geister starrte sie die beiden Gestalten am Tisch an, die sich bei Kaffee und frischen Brötchen gegenübersaßen. Heike schien in der nächsten Sekunde von einer Flutwelle fortgespült. Peter grinste sie befangen an. Aber Mutter Lydia strahlte wie ein Kind.

„Stell dir vor, Heike, er stand gestern Abend vor der Tür, du warst ja nicht da, aber ich."

Ihr Kreislauf verwandelte sich in einen Orkan und schien mit Windstärke zwölf durch ihren Körper zu fegen. Ihre Sinne schwanden. Schwankend, mit fassungslos geöffnetem Mund, ließ sie sich am Tisch nieder und brachte kein Wort hervor. Es war abermals passiert. Auch Peter hatte sie verloren. Mutter Lydia war aufgeputzt wie ein Star, die jugendlich kurz geschnittenen kastanienkolorierten Haare frisch geföhnt. Ihre Augenlider schienen dezent in einen Farbkasten gefallen zu sein. Passend zu Teint und Haarfarbe trug sie ihren ockergelben Nickianzug. Wie sie das nur immer schafft?, überlegte Heike zwischen zwei Sturmböen. Obwohl sie zwanzig Jahre jünger war als Mutter Lydia, fühlte sich Heike ihr gegenüber wie Aschenputtel zu sein. Sie brauchte die beiden nur anzusehen und erkannte, dass der Sündenfall sie in der letzten Nacht ereilt hatte.

„Stell dir vor, Heike, mein Kind, Peter sammelt auch Pilze. Wusstest du das?", lachte Mutter Lydia glucksend. Er zeigt mir heute Nachmittag, wo viele Schleierlinge wachsen.«

Heike schluckte. Peter wischte sich verlegen mit der Hand die Schweißperlen von der Stirn.

„Meine Liebe, wenn du ausgeschlafen hast, decke doch schon den Tisch, wir essen heute Abend gegen halb sieben alle zusammen."

Mutter Lydias ausgelassene Stimme verfolgte Heike bis in ihr Zimmer. Sie knallte die Tür zu und probte erneut den Akt mit der Reisetasche. „Sollen sie doch verrecken an ihren Pilzen! Verrecken, verrecken, verrecken!", fluchte sie, bis sie innehielt und lächelte.

In der Küche sah sie Mutter Lydia den Einkaufszettel schreiben. Peter war fort.

„Wir treffen uns gegen vier, Heike, komm doch mit, schließlich ist er auch dein Freund."

Oh, das stach.

„Ja, sicher, er ist auch mein Freund, doch ich decke lieber den Tisch."

Mutter Lydia nickte. Sie hielt Heike den Einkaufszettel hin.

„Ist noch etwas von deinem leckeren, selbst gemachten Waldbeerjoghurt da?"

Mutter Lydia öffnete den Kühlschrank und zeigte auf die Schüssel mit dem Joghurt.

Stets auf der Hut, nicht Mutter Lydia und Peter zu begegnen, streifte Heike mittags nach dem Einkauf durch den nah gelegenen Wald. Sie suchte den selten vorkommenden orangefuchsigen Schleierling. Kurz überlegte sie, doch den Grünen Knollenblätterpilz zu verwenden, der wesentlich leichter zu finden war. Die kleine Menge von sechzig Gramm reichte für den Tod eines Erwachsenen. Unseligerweise trat die Wirkung nach einigen Stunden ein, und das würde sofort mit dem Pilzgericht in Verbindung gebracht. Deshalb hatte sie sich für den heimtückischen orangefuchsigen Schleierling entschieden, der immer wieder mal mit den Pfifferlingen verwechselt wird. Er war so etwas wie ein Meuchelmörder.

Vorsichtig legte sie die kostbaren Exemplare in ihr Körbchen. Ihr Gift Orellanin würde nach einer Latenzzeit von drei Tagen bis zu zweieinhalb Wochen eine schleichende Nierenschädigung verursachen und letztendlich, wenn es ihr so gelang, wie sie es sich ausgedacht hatte, zum Tod führen.

Am späten Nachmittag besuchte sie Inge, mit der sie eine berufliche Freundschaft verband. Ihre Kollegin hatte ab heute Abend Nachtdienst. Heike stellte ihr das Glas Waldbeerjoghurt beiläufig vor die Nase.

„Hier, viele Grüße von Mutter Lydia. Sie weiß ja, dass du den zum Fressen gernhast."

Am Abend übernahm Heike mit den Worten „kümmere du dich um Peter" die Vorbereitung der Pilze. Es war einiges zusammengekommen. Sie zerkleinerte die Menge bedachtsam, obwohl Mutter Lydia das nicht liebte. Aber jetzt war sie durch Peter und Rotwein abgelenkt.

Die *Vernichtung.* Heike lächelte. Sorgfältig vermischt mit den weiteren Pilzen verteilte sie ihren Fund auf zwei Teller und rundete es mit schmackhafter dunkelbraune Rotweinsauce ab. Auf dem dritten, hoffte sie, möge sich keiner aus ihrer Sammlung verirrt haben. Peter entkorkte erneut eine Flasche Rotwein.

„Nun iss, mein Kind. Es schmeckt köstlich.«

Mutter Lydia schob sich eine Gabel voll dampfender Pilze in den Mund. „Ein bisschen sehr klein hast du sie geschnitten", raunte sie dabei.

Peter nickte ihr aufmunternd zu. Heike griff leicht zögernd zum Besteck. In dem Moment meldete sich das Telefon. Sie zuckte unmerklich zusammen. Mutter Lydia erhob sich, lauschte kurz in den Hörer und sagte endlich den für Heike erlösenden Satz.:

»Heike, deine Kollegin ist krank, eine Darmsache. Du musst einspringen."

„Ach nein", maulte sie laut, schob heftig ihren Teller von sich, sprang auf und sauste Minuten später aus dem Haus.

Peter kam jetzt öfter zu Besuch. Sie spielten Karten, lachten und tranken Wein. Heike gab sich stets bester Laune. Nach vierzehn Tagen fragte sie sich, ob die Dosis nicht ausreichend gewesen war?

Bei Peter setzte es zuerst ein. Er litt unter Kopfschmerzen, Übelkeit, Gliederschmerzen und Durst.

„Eine Grippe", meinte Mutter Lydia. »Er hat mich angesteckt, ich habe die gleichen Symptome.«

„Herbstzeit – Grippezeit", erklärte Heike lapidar und brachte eine Menge Medikamente gegen die angebliche Infektion mit. Sie schlug vor, beide zusammen zu pflegen und quartierte Peter kurzerhand neben Mutter Lydia im Doppelbett ein.

Voller Ungeduld trat sie in der folgenden Woche ihren Nachtdienst an. Endlich, in der dritten Nacht wurde sie vom diensthabenden Arzt gerufen.

„Ihre Mutter und ein Mann", informierte er sie. „Schweres Nierenversagen. Lebenswichtige Funktionen sind bereits außer Kraft gesetzt."

Aber der orangefuchsige Schleierling hielt nicht, was Heike von ihm erwartet hatte. Mutter Lydia und Peter kamen davon. Hingegen war beiden eine lebenslange Dialyse sicher.

Die polizeilichen Ermittlungen ergaben einen Zusammenhang mit der Pilzmahlzeit vor mehr als zwei Wochen. Heike sah sich bereits in einer Zelle.

„Wie konnte das nur passieren?", wunderte sich der Beamte. „Sie sagten doch, Ihre Mutter ist eine gute Pilzkennerin."

„Aber er vielleicht nicht."

„Jedenfalls haben Sie unglaubliches Glück gehabt. Wäre Ihre Kollegin nicht krank geworden an dem Abend, dann hätte es Sie womöglich auch erwischt."

Auf jeden Fall hatte das Rizinusöl im Waldbeerjoghurt ganze Arbeit geleistet.

»Wir sind beide geschädigt durch die gleiche Krankheit. Das verbindet, das vereint«, verkündete Mutter Lydia. »Du schaffst dein Leben doch sicherlich ohne mich, Heike, nicht wahr?«

20. Überpotenter Filip

Filip Krongeist verhaspelte sich mit den Beinen, als er versuchte, mit rasender Geschwindigkeit in die Hose zu steigen. Er stolperte, fiel auf das kleine Beistelltischchen und mit diesem zusammen auf das frisch gebohnerte Parkett. Er fluchte laut. Hörte die kreischende Stimme der Frau, die noch eben in seinen Armen wollüstig gestöhnt hatte. Doch jetzt war sie in Rage. Die langen blonden Haare wehten ihr stürmisch durchs Gesicht. Es spuckte Gift und Galle. Vor Zorn und Wut war es derart verzerrt, dass sich die harmonisch ebenmäßig aufeinander abgestimmten Züge nur erahnen ließen. Breitbeinig stand sie über ihn und gewährte ihm einen tiefen Einblick, den er in jeder anderen Situation ausgekostet hätte. Ihre wohlgeformten Beine blitzen braungebrannt unter einem hauchdünnen, weißen Seidenhemdchen hervor, das kaum ihren nackten Po bedeckte. Auf eine Art amüsierte es ihn, wie sie sich einerseits flink bückte, nach den kleinen herumliegenden Sofakissen griff, um sie dann andererseits auf ihn hernieder zu donnern. Ihre Augen schickten dabei Feuerstrahlen.

„Du Mistkerl, du arrogantes, blödes Arschloch!, du Seelenmörder!", schrie sie bei jedem Kissen, das auf seinen Kopf prallte. „Ich wünschte, die Dinger wären aus Eisen, du Nichtsnutz!"

Filip robbte sich unter ihren Beinen weiter auf den seitlich stehenden Tisch zu. Er kroch mit einem Satz darunter, und auf der anderen wieder hervor. Ihre Wut schien sich eine kleine Pause zu gönnen. Endlich gelang es ihm, in die Hosen zu kommen und den Schlitz zu schließen. Derweil er sich in sein Hemd schlängelte, sah er sie aus seinen runden, treuen, braunen Augen an wie ein Hund. Das versetzte sie erneut in Unwillen. „Wieso bin ich nur auf dich reingefallen," fauchte sie wütend und griff nach der teuren Porzellanpuppe.

„Nein! Lisa, nicht", rief Filip ahnungsvoll, „nimm was anderes! Du wirst es nachher bereuen!"

Er schlüpfte rasch ins Jackett und flüchtete die zwei Stockwerke hinunter ins Freie. Draußen schaute er zu ihrem Fenster auf. Wie er vermutete, stand sie dahinter. Der Zorn in ihrem Gesicht brannte sprichwörtlich auf seiner Haut. Sie streckte ihm den Mittelfinger entgegen. Dennoch schmunzelte er.

Sechs Uhr, zeigte ihm die goldene Rolex am Handgelenk. Er war müde und ärgerte sich über sein frühmorgendliches sexuelles Verlangen, das den Trubel mit Lisa in Gang gesetzt hatte. Andernfalls hätte er ausschlafen und sie ihm erst beim Frühstück die folgenschwere Frage stellen können, ob er mit ihr zusammenziehen würde. „Die Frauen sind verrückt", murmelte er in seinen Dreitagebart, den er, wie sein gesamtes

Äußeres, aufwendig pflegte. Filip bemerkte eine leichte Wehmut in sich aufsteigen, denn er war Lisa durchaus leidenschaftlich und sicher mit einem Anflug von Liebe zugetan. Sie hatte es geschafft, völlig fremdartige Gefühle in ihm zu wecken. So etwas wie permanente Anziehung auf ihn ausgeübt. Zwölf Wochen war er mit ihr zusammen. Er staunte, eine lange Zeit. Jeden Tag waren sie bisher im Sex vereint gewesen. Ansonsten lediglich einige Male Essen gegangen. Eigentlich kannte er nur ihr Bett. Was wusste er über sie? Sie war Kunststudentin mit einem Hang zur Magie und Okkultismus. Erneut schmunzelte er. Lisa, er überlegte kurz, war nichts mehr als eine der endlos vielen Frauen, die er wegen seiner übermäßigen Potenz vernascht hatte. Aber sein Herz schien anderer Meinung.

Er lenkte den Wagen durch die frühmorgendlichen Straßen Berlins, das allmählich zum Leben erwachte. Sein Bett wartete auf ihn. Mindestens bis in den Mittag hinein würde er ausschlafen. Was scherte ihn Lisa? Die nächsten Frauen lechzten nach ihm, Filip Krongeist, 26 Jahre und reich. Er lebte vom Geld der Eltern. Sein Vater Edwin war Aktionär und schob den langen Tag sein Millionenvermögen hin und her. Seine Mutter Malwine stammte aus einer alteingesessenen Berliner Fabrikantenfamilie und ließ sich in ihrem Bekanntenkreis bewundern. Sie liebte seinen Vater und war ihm treu. Diesen Charakterzug hatte er leider von ihr nicht geerbt. Warum sie ihn Filip getauft hatte? Als Neugeborenes hatte er eine ungewöhnlich hyperaktive Motorik an den Tag gelegt, was sie an den "Zappelfilip" aus ihrer Kindheit erinnerte.

Mit der Mutter ständig auf Reisen lernte er früh die Welt kennen, besuchte selten eine Schule, denn der Globus schien voll mit Privatlehrern zu sein. Filip entwickelte sich zu einem liebenswerten, vorwitzigen Kerlchen und entdeckte zeitig die aufregende Lust am anderen Geschlecht.

Mit 16 Jahren kam er auf privates Gymnasium. Seine Mutter brachte ihm bei, dass das Leben mit "L" anfängt wie Leichtigkeit. Der Schulbesuch versetzte Filip trotz allem in die Lage, ein nicht lobenswertes Abitur, ein abgebrochenes BWL-Studium und einen misslungen Aktienhandel vorzuweisen. Dabei lag ihm das Finanzielle durchaus. In der vorübergehenden Position eines Tennistrainers spielte er mehr mit den Damen denn mit dem Ball. Sein Leben bestand nur aus Frauen. Für sie und für sich selbst war er der Größte zu sein.

Nach einer viertel Stunde Fahrtzeit erreichte er sein Domizil. Ein in der aufgehenden Sonne funkelndes und blinkendes Hochhaus. Hier oben besaß er ein Penthaus mit uneingeschränktem Blick auf die Stadt. Eingerichtet für die Verführung der schönsten Frauen.

Weiterhin belustigt über Lisas Ausbruch lenkte er den Wagen in die Tiefgarage und begab sich auf seinen langen Beinen zum Fahrstuhl. Aus dem vorwitzigen, liebenswerten Kerlchen von einst war ein 1,89 Meter-Mann geworden. Mit dunkelbraunen, leicht welligen Haaren und einem durchtrainierten Körper.

Oben angekommen, schloss er mit einem Seufzer die Wohnungstüre auf, fiel angezogen aufs Bett und alsbald in einen wohligen Schlaf.

Gegen zwölf Uhr mittags schellte das Telefon. Peter, ein ehemaliger Kommilitone, der im Gegensatz zu ihm sein BWL-Studium erfolgreich fortsetzte, war zwar kein bester Freund, aber ein Lustgenosse, mit dem er gewöhnlich Raubzüge unternahm. „Ein geiler Tag heute, Sonne pur", frohlockte er durch die Muschel.

Sie verabredeten sich an der Spree am Bootshafen. Filip rieb sich freudig die Hände. Frauen! Er trabte ins Bad, um seinen Körper für sie aufzubereiten. Ausgiebig und mit wollüstigen Gedanken seifte und parfümierte er sich ein. Wählte eine sorgfältig dezent gemusterte Designerunterwäsche aus und stieg in eine hauchdünne beige Leinenhose. Den - *genau wie die Damen es mochten* - leicht behaarten Oberkörper bedeckte er mit einem roten Shirt und fand sich umwerfend.

Er telefonierte kurz mit Mama und ließ wohlwollend ihre wohlgemeinten Ratschläge zur Bewältigung des Alltags über sich ergehen. In der Folge starrte er für einige Minuten sein Handy an. Ein Anruf bei Papa würde sein Missfallen dem Sohn gegenüber zwar nicht schmälern, aber für eine Weile reduzieren. Filip sah sich freilich nicht als Schande der Familie, wie Papa ihn nannte, wenn die Wut ihn übermannte, doch wie ein Übel kam er sich dennoch nach so manchen Gesprächen mit ihm vor. Diesmal hatte Papa wenig Zeit, wohingegen er ihm in Kürze eine entscheidende Unterhaltung bei einem gemeinsamen Mittagessen androhte. Das bedeutete nichts Gutes. Eines Tages würde er mehr Ernst in seinen Lebenswandel einfließen lassen, unmerklich und nicht belastend. Heute lachte die Sonne, und die Mädels mit ihren Schößen warteten nur darauf, von ihm erobert und zu höchsten Lüsten geführt zu werden.

„Was steht an, alter Junge, erst Bötchen fahren oder flanieren?"

„Erst was trinken,", entschied Peter.

„Jawoll, und Mädels schauen", freute sich Filip.

Nach einer Stunde gaben sie auf. Die weiblichen Wesen, die an ihnen vorbei promenierten, zierten sich, auf ihre Anmache einzugehen. Resigniert meinte Filip, doch erst einmal ins Boot zu steigen, um mit ihrer rasanten Fahrweise die Blicke auf sich zu lenken. Dann fielen sie schon um, die hochmütigen Damen. Er war sicher, allein hätte er längst eine abgeschleppt. Indessen schienen sie sich vor doppelt geballter Männlichkeit zu fürchten.

Das schmucke Boot gehörte seinem Vater, der nie Zeit hatte, es zu bewegen. Eine Tätigkeit, die Filip nur zu gerne übernahm. Bald waren sie zu viert. Zwei vom anderen Geschlecht, eine blond, eine feuerrot, amüsierten sich in bester Urlaubslaune mit ihnen. Sie verbrachten gemeinsam den Abend, bummelten durch die Stadt, tranken reichlich und genüsslich und landeten zum Schluss im Hotel der beiden Touristinnen. Niemand schämte sich vor dem anderen, zu viert im Doppelbett herumzuturnen. Ein bisschen wunderte sich Filip über die forschen Mädchen. Aber die Leidenschaft der Feuerroten ließ ihm keinen Raum, einen unangenehmen Gedanken zu Ende zu spinnen.

Am nächsten Morgen erwachten die beiden Herren mit dröhnenden Schädeln. Verblüfft sahen sie sich um und dann lange an. Jeder brauchte Zeit. Filip schaltete zuerst, sprang aus dem Bett und starrte verwirrt auf den Stuhl. Gestern hingen hier seine Klamotten. Fort, alles fort, einschließlich der Geldbörse. „Scheiße, Hurenseich, Mistweiber", fluchte er laut, stampfte nackt umher und haute mit der Faust aufs Nachttischchen. Peter schloss sich im Adamskostüm den Flüchen an. „Mistweiber!", grollte Filip nochmals. Prompt sah er Lisa vor seinem geistigen Auge. Wenn sie ihn jetzt so sähe, würde sie prustend krummlachen. Diese demütigende Fantasie bescherte ihm den Hauch eines rumorenden Gewissens. Alles rächt sich. Er hoffte aber, dass es eine einmalige Rache für sämtliche Schandtaten blieb.

„Sie haben uns hereingelegt", meinte Peter blöde.

„Was du nicht sagst, da wäre ich nicht draufgekommen."

Peter warf ihm einen schmollenden Blick zu. „Ok, ok, nackt rede ich immer Scheiße."

Filip schaute aus dem Hotelfenster. „Es ist warm, also frieren würden wir nicht."

„Wie schön, dass dir keiner deinen Humor klauen kann, du Glücklicher."

Es klopfte, und gleich darauf öffnete sich die Zimmertür auf. Ein dunkelhäutiges Stubenmädchen stand im Rahmen. Ihr Schrei flog durch die Luft und die Tür wieder zu. Im nächsten Augenblick wurde sie sanft einen Spalt aufgedrückt und ihr

Kopf erschien. Das Zimmermädchen ließ seine schwarzen Kulleraugen durchs Zimmer rollen. Welch ein lächerliches Bild sie abgaben? Wie sie so nebeneinanderstanden und mit den Händen schützend ihr Wertvollstes bedeckten. Das Mädchen trat herein. Sachte, aber zügig, schloss sie Tür.

„Vielleicht sollten Sie abschließen, meine Dame", witzelte Filip, „wir werden ungern noch einmal in diesem Aufzug überrascht."

Schwupps drehte sich der Türschlüssel.

Treibt ihr's zusammen oder ist das ein erneuter Fall von Diebstahl nach einer Liebesnacht?", kam es grinsend und in einwandfreiem Deutsch über ihre Lippen.

„Das zweite, meine liebe Dame. Und wie ich annehme, machen Sie den Job hier, um ihr Studium zu finanzieren, oder?«

Sie bejahte. Filip nickte seinem Kumpel triumphierend an.

„Also, junge Dame...", fuhr Filip fort.

„Ich heiße Sina."

„Also Sina, wenn du uns einen Gefallen tust und uns Sachen besorgst, brauchst du für die nächsten drei Monate nicht mehr hier zu arbeiten."

Filip hatte erst einmal die Nase voll von allem und jedem. Schnurstracks fuhr er zu seiner Wohnung. Der Postbote kam ihm unten im Hausflur entgegen und schien sichtlich erfreut, ihn zu erwischen. Er hielt ihm eine Briefzustellung vor die Augen, dessen Erhalt er unterschriftlich zu bestätigen hatte. Insgeheim fluchte er, denn er kannte diese Art Zustellung und den Inhalt solcher Briefe.

Im Fahrstuhl riss er den Umschlag auf. Eine erneute Vaterschaftsklage. Es war zum Kotzen. Wieso nahmen die Weiber nicht die Pille? Ab einem gewissen Alter wäre es sinnvoll, diese vom Staat vorgeschrieben zu bekommen, um Männer vor ungewollter Vaterschaft zu schützen, grollte er in sich hinein. Zwei Klagen hatte er bisher erfolgreich abgewehrt. In den Fällen war er eindeutig nicht der Vater. Für ein Kind, das er bis heute nie gesehen hatte, zahlte er hingegen monatlich eine beträchtliche Summe. Dankbar darüber, dass es Papa bis zur jetzigen Stunde nicht zu Ohren gekommen war. Er würde mit geballten Fäusten auf ihn losgehen und geradewegs enterben. Dabei wünschte er sich von Herzen ein rechtschaffenes Enkelkind, das einmal firm genug war, all den Finanzkram zu übernehmen. Ihm traute Papa das niemals zu.

Bis vier Uhr nachmittags schlief er. Er fand es nicht angenehm, aber Lisa blieb in seinen Gedanken. Hätte sie doch bloß nicht diese blöde Frage gestellt. Zusammenziehen, albern. Sie wäre etwas für die Dauer gewesen, stellte er traurig fest.

In letzter Zeit fehlte Peter bei seinen Streifzügen, der steckte in den Examensvorbereitungen. Filip schüttelte sich. Den langen Tag in sitzender Haltung vor dem PC und über den Büchern, stellte er sich wie eine körperliche Marter vor. Rasch schickte er ein Dankesgebet zum Himmel mit der Bitte, niemals solch einer Qual ausgesetzt zu werden. Qual, bei dem Wort verflog seine Laune zusehends. Er näherte sich dem Hotel, in dem er mit Papa zum Abendessen verabredet war. Filip hoffte inbrünstig, Mama bei ihm zu sehen. Wie für ihn selbst war Arbeit für sie zeitlebens ein Fremdwort. Wenn er seinem Vater dies als Argumentation entgegenbrachte, antwortete er stets lapidar. „Deine Mutter ist eine Frau."

Papa saß allein am Tisch. „Wir haben eine halbe Stunde Zeit", eröffnete er das Gespräch. »Danach trifft ein Geschäftsfreund zu uns, der sich nach langem Zureden von mir bereit erklärt hat, dich unter seine Fittiche zu nehmen."

„Wie bitte, Fittiche?"

Papa sah ihn aus seinen sanften Augen drohend an. „Das Lotterleben hat ein Ende, mein Sohn."

„Was sind denn das für Fittiche, unter die du mich zu stellen gedenkst", drückte Filip sich formell aus.

„Finanzen! Da ich nicht davon ausgehe, dass du dich jemals ehelichen wirst und ich somit irgendwann ein pfiffiges Enkelkind haben könnte ...."

Wenn du wüsstest.

„... muss ich dir den Umgang mit den Finanzen beibringen lassen."

Oh Gott, Kopf- und Körperarbeit kamen auf ihn zu. Sein Dankesgebet war nicht erhört worden.

„Herbert Walder ist mein Freund und ein Experte auf dem Finanzsektor. Du wirst ihm aufmerksam zuhören und ein gelehriger Schüler sein, sonst..." Papa zog seine buschigen Augenbrauen hoch, straffte sein Kinn „enterbe ich dich und du kannst zur Müllabfuhr gehen."

„Papa, das ist Erpressung", wehrte sich Filip empört.

„Hochgradig, mein Junge, hochgradig."

„Warum ist Mama nicht mitgekommen?", jammerte Filip.

„Lass deine Mutter aus dem Spiel. Sie war immer viel zu weich im Umgang mit dir. Ich hätte mich mehr um euch beide kümmern sollen, aber die Arbeit ließ mir keine Zeit." Filip witterte eine Chance, das drohende Unheil abzuwenden. „Siehst du, Papa, und genau das will ich vermeiden. Ich möchte für meine Frau und meine Kinder da sein und nicht in Arbeit umkommen."

Papa lachte schallend.

„Ich glaube nicht, dass sich, außer deiner Mutter, ein weibliches Wesen erbarmt und den Rest seines Lebens mit dir verbringt. Folglich brauchst du dich auch nicht um Kinder zu kümmern, denn von deiner Mutter wirst du schwerlich welche bekommen."

Jetzt war Filip ehrlich beleidigt. Ein neurotischer Zwang überkam ihn, Papas Meinung von ihm zu korrigieren. „Papa", setzte er ernst und beschwörend an, dass Edwin annahm, sein Sohn würde etwas Gescheites von sich geben.

„Ich bin ein Frauenheld! Von wegen nur Mutter."

Edwin sah seinen Sohn verdutzt an. Sinnierte mit einer Handbewegung über die Stirn dem Gesagten nach und holte Luft. Filip kam sich dämlich vor. Ein Frauenheld, was war bloß in ihn gefahren? Nie würde Papa das verstehen, eher an seinem Verstand zweifeln, von dem er ohnehin kaum eine Meinung hatte.

„War nur ein Witz, Papa", lächelte Filip unglücklich. Edwin strich sich erneut mit der Hand über die Stirn. „Du hast noch drei Wochen Galgenfrist. Am ersten September fängst du an, basta, keine Widerrede."

Der Sommer zog vorüber mit Marianne, Anja, Veronika, Jutta und einigen anderen. Die Vaterschaftsklage verlor er und zahlte für ein weiteres Kind Alimente. Womöglich würde sich ja Papa eines Tages über den Nachwuchs freuen. Trotzdem schwor Filip sich, ab heute nur Liebe mit Kondom. Er hasste die Dinger.

Ilka hieß sie. Eine quirlige Person, mit der er seit einer Woche Spaß hatte. Sie zog ihn mit auf die Herbstkirmes. Das Kettenkarussell überlebte er unbeschadet. Nach der Schiffschaukel erbrach er sich und erbat eine Auszeit bei einer Cola, die seinen Magen in Ordnung brachte. Genesen, verweigerte er sämtliche Geräte. So schlenderten sie an diesem recht warmen Septemberabend über die bunte Welt der Kirmes. Ilka stoppte vor einem kleinen Zelt und zeigte belustigt auf das grell glitzernde Plakat am Eingang. „Zukunftsdeutung, Handlesen, Kartenlegen, Magie und Hokuspokus", las Filip. Magie und Hokuspokus. Unvermittelt knallte Lisa in seine Gedanken und eroberte sie. Ilka steckte ihren Kopf durch den Schlitz ins Zelt

„Es ist niemand sonst drin". Sie lachte ihn auffordernd an. „Komm, ich will deine Zukunft wissen."

190

Filip tippte sich an die Stirn, doch Ilka zog ihn hinein. Meditative Musik spielte leise. Arabische Düfte schwebten in der Luft. 1001 Nacht, reflektierte er. Filip überschritt, ohne es zu merken, die Grenze in die Welt der Fantasie. Ein sanft rötlich schimmerndes Licht fing ihn ein. In der Mitte stand ein kleiner runder Tisch und dahinter saß eine dunkelfarbige Hexe mit pechschwarzen Haaren, die ihr in dicken Wellen bis auf die Brustwarzen fielen. Er schluckte. Im diffusen Schein war nicht zu erkennen, ob es Sonnenbräune oder ihre natürliche Hautfarbe war. Dieses unwahrscheinliche Gesicht? Kann er es von irgendeinem Ort? Quatsch. Eingehüllt war sie in ein himmelblau funkelndes Satinkleid mit Goldstickereien. Filip starrte die Frau berauscht an. Hexen. Irrglaube, Ketzerei, Hexenjagd, Verfolgung. In seiner Fantasie sah er sich als Jüngling in abgewetzten Dreiviertelhosen und zerfleddertem Hemd im späten Mittelalter diese hinreißende Hexe vom Scheiterhaufen zerren und mit ihr in die ewigen Wälder fliehen. Filip seufzte, hätte er nur damals gelebt.

Ich bin bescheuert, holte er sich in die Realität zurück. Doch eine unerklärbare Gefühlsspannung blieb in der Wirklichkeit erhalten und schaukelte sich durch seinen Körper bis hinunter in die Zehenspitzen.

Mit einer gedehnten Handbewegung lud das Medium sie ein, Platz zu nehmen. Ilka sank vor ihm auf einen der beiden

Klapphocker und ... hatte er womöglich Wahrnehmungsstörungen? ... zwinkerte der Hexe zu?

„Wer zuerst?", fragte, nein hauchte das mediale Gegenüber mit verruchter Stimme und schwenkte mit einer Hand eine Spardose in Form einer kleinen Schatztruhe mit dickem Schlitz vor ihnen hin und her. Filip ließ einen fünfzig Euroschein darin verschwinden.

Mit einem wohlwollenden Dankesnicken drehte das Medium unendlich langsam den Kopf und sah Filip direkt an. Ihm wurde es blümerant. Diese Augen ...

Raus hier, aufspringen und aus dem Zelt stürmen, sendete ihm sein Gehirn. Warum ließ er einen derartigen Schwachsinn mit sich treiben? Doch er blieb sitzen und glotzte wie hypnotisiert in Hexenaugen. Sie ergriff übers Tischchen hinweg mit ihren schlanken Hände nach seinen. Ihre Körperwärme schien einige Grade oberhalb des Normalwertes zu liegen. Dann schloss sie die Augen, schien tief in sich zu versinken, öffnete sie wieder und schaute seine Hände prüfend an. Filip sah dem Schauspiel fasziniert zu.

Nach einer geraumen Zeit der intensiven schweigenden Betrachtung bat das Medium ihn, die Hände flach auszustrecken. Konzentriert lotete sie aus, in welchem Verhältnis die Finger untereinander und zur gesamten Hand standen.

Schweigen. Warum sagte sie nichts? Hatte sie keinen Schimmer oder war das eine Masche? Am Ende sah sie ihn eindringlich an.

„R u h i g", flog es weich durch ihre Lippen. Sie nahm sich die Daumenballen vor, strich mit der Fingerspitze leicht, fast zärtlich, wie Filip meinte, die Handlinien entlang und konzentrierte sich nur auf die rechte Hand. Kein Wort darüber, was die Hände über seine Zukunft aussagten. Es wurde immer grotesker für ihn. Nun fischte sie von ihrem Schoß ein Päckchen Karten, mischte sie und forderte ihn auf, drei Häufchen abzunehmen und vor sich auszubreiten. Allmählich geriet er in Wut, verarscht zu werden. Abwarten, irgendwann wird sie den Mund aufmachen. Ilka neben ihm nahm er nicht mehr wahr. Mit flinken Händen legte sein Gegenüber die restlichen Karten aus und ließ den Blick endlos darauf verweilen. Filip ebenfalls. Er kannte zwar die einzelnen Symbole, doch die wahrsagende Bedeutung war ihm fremd. Außerdem hielt er so etwas für Humbug.

„Du bist ein wohlhabender, verwöhnter Nichtsnutz", verkündete sie ohne Vorwarnung.

Nichtsnutz, sinnierte Filip, wer hatte das unlängst zu ihm gesagt?

„Du sträubst dich, zu arbeiten."

Er nickte beschämt. „Das hat sich grad geändert, ich bin dabei", bemerkte er und ergatterte ein bestätigendes mediales Nicken.

„Du bist der Liebe und dem Sex übertrieben zugetan und brichst reihenweise die Herzen der Frauen."

Filip war platt. Lag das in den Karten? Ilka hüstelte. Nein, herje, Ilka. Das war nichts für ihre Ohren. Er kniff ihr in die Seite, schubste sie vom Stuhl und beförderte sie mit einem nachdrücklichen Nicken zum Ausgang.

„Ich sehe nichts Gutes auf dich zukommen", orakelte das Medium. „Du hast qualvolle Zeiten mit schwerwiegenden aber auch lebensrettenden Entscheidungen vor dir."

„O Gott", stöhnte Filip betroffen und vergaß völlig, wo er war. Auf einer Kirmes. Er senkte die Lider. Das war ja grauenhaft. Neigte sich sein unbeschwertes Leben hier in diesem Zelt dem Ende entgegen? Leiden, Übel, Siechtum, Martyrium? Versank er in Pein und Plage? „Siehst du auch was Gutes, was Schönes?", forschte er und beugte sich leicht vornüber. Ein langanhaltendes Kopfschütteln.

„Deine Potenz wird dir übel mitspielen", verkündete das Medium mit vibrierender Stimme weiter.

„Meine Potenz?" Filips vergaß zu atmen. „Wird sie nachlassen – oder gar vergehen?"

„Frauen sind dein Schicksal", bekam er zur Antwort. Sein heftiges Nicken bestätigte diese Aussage.

„Sie werden mitentscheiden, ob du leben oder sterben wirst".

Das war zu viel. Filips Menschenverstand meldete sich augenblicklich zurück. „Jetzt mach aber einen Punkt, verehrte Hexe, das ist ja zu albern, zu verrückt!" Er sprang auf, der Klappstuhl kippte um. Filip stürmte nach draußen und direkt in Ilkas Arme.

Äußerst erregt und ungleich mehr wütend stampfte er an Ilkas Arm durch die Menge der Kirmesbesucher, schob sie unwirsch zur Seite oder rempelte sie an. Wieso regte er sich so auf? Die tickte doch nicht normal, litt unter Wahnvorstellungen respektive Seelenstörungen. Darmträgheit, die ihr Gehirn beeinflusste. Innerlich fluchte er, und das mehr über sich selbst. So einen debilen Unsinn brauchte er sich nicht antun. Diese Verrückte hatte es geschafft, ihn vollkommen aus der Fassung zu bringen. Unaufhörlich formten seine Lippen stumm die vernichtende Offenbarung. Welch schweres Joch schwebte da bezüglich seiner Potenz über seinem Haupt? Welche Herkulesarbeit lag da vor ihm? Schwerwiegende Entscheidungen.

Alles Humbug, Humbug!

Potenz, Potenz, oh, seine kostbare Potenz. N nicht mit Gold aufzuwiegen.

Was meinte sie bloß genau? In Sorge um seine Manneskraft und in einem unbändigen Zorn darüber, das Zelt betreten zu haben, stürmte er mit langen Schritten auf die Straße. Ilkas entsetzter Schrei verlor sich in Hupen, quietschenden Reifen und einem dumpfen Aufprall. Filip klappte in der Körpermitte zusammen wie eine Gummipuppe. Er schlug dabei mit dem Kopf gegen die Füße. Schnellte hoch und wirbelte mit den Beinen gen Himmel. Dort drehte er sich einmal um die eigene Achse und knallte senkrecht mit dem Haupt zuerst auf die Straße.

Auf der Intensivstation, nach einer mehrstündigen Operation, öffnete er für Sekunden die Augen, ehe er den Körper verließ und durch den Raum zur Decke schwebte. Von oben herab schaute er auf das Bett mit der regungslosen Hülle. Sein Kopf ein einziger weißer Mullverband. Zur rechten seine Mutter hielt ihm die Hand und weinte. Papa schritt hin und her.

„Das so etwas passieren musste. Herbert Walder meinte, Filip sei ein Finanzengenie, ließ hervorragende Ansätze erkennen, und jetzt das."

Typisch Papa, grinste Filip. Er schickte den Eltern einen abschiedsträchtigen Blick. Ungekannte Leichtigkeit durchflutete ihn und zog ihn hinauf. Das OP-Hemdchen, nur im Nacken mit einem Bändchen zusammengebunden, flatterte um seinen Körper. Der Mond warf ein fahles Licht auf Berlin, das im Lichtermeer der Nacht unter ihm lag, langsam kleiner wurde und sich in Winzigkeit verlor. Der Sog nahm zu. Sein bisheriges Leben zog an ihm vorbei. Es schien alles gleichzeitig und auf einmal zu geschehen. Der gewaltige Eindruck erschlug ihn regelrecht. Filip erhielt keine Zeit, darüber nachzudenken, wie lange er nach der sekundenschnellen Darbietung seiner Biographie im Dunkeln verbrachte. Er erwachte mit einem überwältigenden Gefühl in der Brust, geriet in Verzückung. Mit sanften Schritten glitt er, sein OP-Hemdchen mit einer Hand hinten zuhaltend, über einen rötlich schimmernden Wolkenteppich. Vor den Augen lag der Garten Eden. Das war sein Ziel. Er lief rascher, schien jedoch nicht an Geschwindigkeit zu gewinnen. Wie in seinen Träumen, in denen er rannte, aber nicht vom Fleck kam. Nur, dass ihn in den Schlaferlebnissen die Panik jagte, derweil er jetzt frohlockte und jauchzte. Unsanft wurde er gestoppt. Verblüfft schaute er sich um. Keine Wand vor ihm, nichts, woran er hätte stoßen können. Was war das? Er versuchte es wiederholt, doch immerfort stoppte ihn etwas Unsichtbares. Lechzend und verzweifelt sah er in den Garten Eden, in dem liebreizende Gestalten beiderlei Geschlechts in heiteren Gesprächen vertieft lustwandelten. Andere saßen beieinander und aßen von den köstlichsten Köstlichkeiten, die ihm jemals vor Augen gekommen waren. Kinder spielten und lachten so herzerfrischend, wie er nie eines hatte lachen hören.

Alle Bewohner dieses Wolkenparadieses schienen unsagbar glücklich. Ich will dahin, schrie es in ihm. Die Sehnsucht und der Drang, dorthin zu kommen, quälten ihn. Unvermittelt auftretende Schmerzen wurde unerträglich und verbrannte ihm schier die Füße. Ehe er sich versah, steckte er bis zur Taille in einem Feuerchen, umzüngelt von purpurroten Flammen. Folter und Pein. Es trieb ihn die Tränen in die Augen. Von einem unnachgiebigen Zwang erfüllt, schrie er all seine Schandtaten heraus. So reihte er sich ein in das ewige Jammern der Leidensgenossen. Über ihm ein stockfinsterer Himmel, der das Feuer düster und bedrohlich zurückwarf. Unüberschaubar das endlose Feld mit fackelnden Feuerchen. Und in jedem steckten Männer und Frauen bis zur Taille und schrien ununterbrochen ihre Sünden heraus, ohne gehört zu werden, geschweige denn, Linderung zu erfahren.

Filip wünschte, sein Bewusstsein zu verlieren. Vorher so greifbar am Himmel und jetzt schmorte er in der Hölle. Himmelschreiend sadistisch empfand er diese Boshaftigkeit, ihn erst die Wonne kosten zu lassen und danach in Ewigkeit unter Feuer zu setzen. Hoffentlich gab es wenigsten ein paar Stunden Nachtruhe. Doch der Wunsch erfüllte sich nicht. Dafür aber öffnete sich direkt über ihm der schwarze Himmel. Ein kegelförmiger Glanz umflutete ihn und seine unmittelbaren Mitschmorer. Sie verstummten mit ihren Klagen und starrten fasziniert zur Öffnung und winselten um Befreiung. Erbarmen. Die Hitze unter Filip ließ nach. Etwas zog ihn hoch. Zunächst langsam, dann, flupps, verschwand er durch die jetzt hellstrahlende Himmelsöffnung, die sich sofort hinter ihm schloss.

Ja, was passierte denn nun? Verwirrt sah er um sich. Er trug sein OP-Hemdchen und stand buchstäblich im Nichts. Weit oben im endlosen All erspähte er ein zunehmendes Licht. Direkt schnellte er darauf zu. Eine Fata Morgana? Seine Augen spielten ihm einen Streich. Eine Erscheinung ... nein, das war nicht wahr, in Form eines weiblichen Wesens.

„N e i n!!!!

Filips Schrei hallte durch das All und verlor sich. Das Phantom trug das himmelblaue Satinkleid der Kirmeshexe. Ihre pechschwarzen Haare wallten bis zu den Brustwarzen. »Hexe", entfuhr es Filip. Sein Blick fiel auf die zarten nackten Füße mit den zwei himmelblau lackierten Zehennägeln. Peng! Wie ein Donnerschlag traf es ihn. Lisa! Sie malte sich immer nur die beiden dicken Zehen an – in der Farbe des Kleides, das sie gerade trug.

„Ich heiße Lisa", sagte das Geisterbild mit ihrer verruchten Stimme.

„Lisa?", wiederholte Filip gedehnt und nachsinnend. »Aber du bist doch blond, Lisa. Was ..., was wird hier gespielt?« Er schlug sich die Handflächen vors Gesicht. Egal, froh, eine vertraute Gestalt gefunden zu haben, wurde er mutiger. „Wo bin ich? Wer will mich verarschen, verdammt! Ich träume das doch wohl alles hier?!", schimpfte er.

„Erinnerst du dich nicht? Sieh hinunter!"

„Nichts, ich sehe nichts, verdammt! Was soll da unten sein?«

„Gedulde dich", bekam er geheimnisvoll zur Antwort. Langsam lichtete es sich. Die Dunkelheit klaffte vor ihm auseinander. Er schaute in die Intensivstation, sah sich im Bett liegen, verkabelt mit etlichen medizinischen Geräten, Mutter zur rechten, Vater auf und ab laufend. Etwas abseits saß eine Krankenschwester und hielt Wache. „Der Unfall", stöhnte Filip. „Das Gefasel im Zelt. Die Karten. Meine schwindende Potenz. Das alles hat mich in ein nervliches Chaos gestürzt. Ich habe nicht aufgepasst, bin einfach auf die Straße gerannt. Ich Hirnfried, ich ...". Er sah Lisa an. „Aber, ich verstehe nicht ... Wieso treffe ich dich hier, hier oben?" Er glotzte verwirrt um sich. „Hier oben im Niemandsland."

„Du liegst im Koma – und es hängt nicht nur von dir ab, ob du daraus erwachst. Du musst dich bewähren, oder du wirst allzeit im Feuerchen schmoren."

Filip schüttelte sich voller Graus. Lisa öffnete ihre Arme. Sie sah aus wie ein Engel, nur eben schwarzbehaart. „Ich wurde auserkoren, dich zu begleiten," verkündete sie. „Und ich werfe dich jetzt zurück."

Filip hatte nicht einmal Zeit, etwas zu sagen. Nur bekleidet mit seinem OP-Hemdchen stand er am hellen Tag in der verkehrsträchtigsten Stunde direkt auf dem Ku'damm. Die Menschen hasteten an ihm vorbei. Einige sahen ihn irritiert an. Nach und nach blieben immer mehr stehen, bestaunten ihn verwundert, schwiegen vor Verblüffung oder lachten. Der Kreis der Gaffer schwoll an, Gemurmel, Gekicher. Filip geriet in Wut. Beschämt versuchte er, sein Hemdchen hinten zusammenzuhalten, drehte sich in alle Richtungen, spähte in den Himmel und schrie:

„Lisa, verdammt, das kannst du nicht machen! Du wolltest mich doch begleiten!« Er sah in die Runde amüsierter Gesichter. Gleich explodierte er. „Haut ab, ihr Idioten, haut endlich ab! Ich liege im Koma, verdammt", faucht er. Verzweifelt blitzten seine Augen gen Himmel. Die Leute hielten sich den Bauch vor Lachen.

„L i s a!! Komm zurück, hol mich hier weg!" Unvermittelt stand sie neben ihm. Filip lachte wie ein Irrer bestätigend in die Runde. „Seht ihr, da ist sie. Ich spinne nicht, ihr blasierten Affen." Die ihn einkreisende Menge wohnte fasziniert dem Schauspiel bei. Filip ahnte ja nicht, dass Lisa ihren irdischen Augen verborgen blieb. „Du machst mich zum Narren. Ich will ja büßen, aber nicht dabei zum Gespött werden. Wieso kann ich nicht in meinem Bett sein und in meinem Koma schlafen?" Er sah Lisa aus treuen braunen Hundeaugen an.

„Erinnerst du dich an deinen letzten Aufenthalt, Filip?"

Starr vor Schreck rief er: „O, ja! In der Hölle!"

„Siehst du, und das ist dein derzeitiger Platz."

„Aber ich stehe ohne Frage auf der Erde." Er wütete mit seinen Augen die Menge an. „Lauter Menschen hier, die mich anstarren. Das ist doch die Erde."

„Die Erde, Filip, ist für dich die Hölle. Deine Hölle, deine private Hölle." Lisa's Stimme schwang durch die Lüfte und sie selbst schwebte davon.

Lisa!!, verlass mich nicht, was muss ich denn tun!!"

„Du wirst es selbst merken, kämpfe!", vernahm er nochmals ihre Stimme, ehe sie vollkommen verschwand.

Acht Tage später erwachte Filip aus dem Koma. Das durchlebte Grauen während dieser Zeit täglich vor Augen, stand er nach seiner Genesung vor Lisas Tür. Tief geläutert wurde er ein artiger Ehemann, ein erfolgreicher Sohn und Geschäftsmann und Vater von *weiteren* vier Kindern. Er lebt glücklich und ohne übermäßige Potenzattacken.

21. Liliane

Ich heiße Margret Sanders, wohne in Wuppertal und bin gern Polizistin. In dieser Stadt ist es Gesetz, ständig im Dienst die Waffe zu tragen. Ergo, ich darf mein Haus nur in schusssicherer Weste verlassen.

Ich bin eine Frau, die ihre Berufung gefunden hat, die sagt, ich bin genau da, wo ich hingehöre, mitten im Geschehen, im Auge des Sturms. Das Verbrechen fasziniert mich, und in stillen Stunden habe ich überlegt, wie *ich* einen perfekten Mord begehen würde. In die Täter hinein zu kriechen, in den verborgenen Winkeln ihrer Seelen zu stöbern, um die kriminellen Handlungen nachvollziehen zu können, ist meine Passion und Begabung. Keine Frage, ich bin dermaßen begeistert von meinem Beruf, dass ich ihn auch umsonst ausüben würde.

Der einzige Wermutstropfen in meinem Dasein ist Willem, mein Gatte, ein sensibler Künstler, der alle paar Monate ein Bild malt, ansonsten aber dem Leben und dem Laster frönt. Anfangs drückte ich ein Auge zu. Später beide. Mittlerweile fällt mir das immer schwerer. So wie seine Geringschätzung meiner Person zu ertragen. Zu ignorieren, wenn er sich früh morgens zu mir ins Bett schleicht und ihm der Duft der nächtlichen leidenschaftlichen Begegnung anhaftet. Das verursacht mir Übelkeit. Über all dies fehlt mir völlig die Einsicht für die

Ansicht, wie er zum Leben steht, darüber wie er es liebt zu führen. Doch nun ist etwas dazu gekommen.

Seit zwei Tagen ist meine Cousine Liliane zu Besuch. Liliane, die immer in Geldnöten steckt, davon träumt, eine berühmte Schauspielerin zu werden und sich mit kleinen Rollen und gelegentlichen Laufstegauftritten über Wasser hält - bis zum endgültigen Durchbruch. Der wartet auf sie, denn sie sieht granatenmäßig aus und besitzt im Gegensatz zu mir einen perfekten Körper mit wohlgeformten Hüften, Flachbauch und Silikonbrüsten. Zudem vögelt Liliane mit Willem, derweil ich meiner Arbeit nachgehe. Selbst an diesem Nachmittag.

„Ich schaue kurz nach Willem", sage ich zu dem Kollegen im Dienstwagen und denke dabei aber eher an Liliane. „Es dauert nicht lange."

Schon unten im Haus höre ich ihr klangvolles Lachen. Leise öffne ich die Zimmertür. Sie sitzt auf Willems Schoß, springt geziert auf, als sie mich erblickt.

„Oh, hi, Margie, schau nur, wir trinken mittlerweile die dritte Flasche Sekt", verkündet sie. Ich nicke kaum merklich. Liliane sieht einige Sekunden mit flackernden Augen zu mir herüber. Ich halte ihren Blick, entledige mich meiner Waffe und platziere sie im Schnellziehholster in den Sessel. Nur jetzt, sonst liegt sie, wenn ich zuhause bin, sicher verwahrt. Ich bleibe ja nur einen Moment. Wir sehen uns weiterhin an. Willem bekommt davon nichts mit und füllt sich ein weiteres Glas. Ob sie eine Hauptrolle ergatterte und deshalb der Sekt?, denke ich kurz. Wie mir bekannt, bekleidet sie eine Nebenrolle in einem zweitklassigen Krimi. Darin hat sie die Aufgabe, ihren Liebhaber zu erschießen.

„Margie", klingt ihre Stimme etwas zu schrill. „Willem ist begeistert von meiner Filmrolle: Ich habe ihm davon erzählt.«

»Willst du es uns nicht vorführen«, frage ich.

»Oh ja, passt auf.«

Schnurstracks schreitet sie zum Sessel und zieht die Dienstpistole aus dem Halfter. Ich trete unwillkürlich einen Schritt vor. Liliane hebt beschwichtigend ihre freie Hand.

„Keine Angst", ruft sie, „die ist doch gesichert."

Ich nicke unmerklich, denke, klar, habe ich – oder? Rasch blicke ich zu meinem Gatten Willem. Er hängt mit glasigen, vom Champagner verklärten Augen an Lilianes makellosen Körper, verschlingt jede ihrer Bewegungen. Ausgestreckt, mit beiden Händen hält sie die Pistole.

„Seht ihr, genauso, es ist ein heimtückischer Mord, müsst ihr wissen. Ich komme von hinten."

Willem steht auf, hebt sein Glas und prostete ihr zu. „Wunderbar, Liliane, damit wirst du deinen Durchbruch haben."

Sie trippelt zur Terrassentür. Ich stehe da und sehe tatenlos zu. Liliane dreht sich an der Balkontür um und zielt.

„Willem, du musst mir jetzt den Rücken zudrehen", fordert sie ihn auf. Er wendet sich schwankend. „Siehst du Margret und jetzt schieße ich. Peng!"

Der Schuss peitscht durchs Zimmer. Mein Gatte zuckt, schaut verblüfft und fällt um. „Hoooch."

Blut sickert aus seiner Brust. Ich eile zu ihm, drücke die Finger auf die Halsschlagader. Nichts.

„Himmel", stöhnt Liliane hinter mir auf, „ich dachte die wäre gesi..."

Ich erhebe mich, schaue auf Willem und klage vorwurfsvoll: „Liliane, was hast du getan?" Ich sehe sie scheinbar entsetzt an. Sie ist völlig aufgelöst. Zitternd lässt sie die Waffe fallen.

Ich rufe per Handy meinen Kollegen im Auto an.

Tage später steht Liliane in allen Zeitungen und ist mittlerweile so bekannt wie Harry Potter. „Trunkenes Starlet in todesbringender Rolle", springt es von den Titelseiten. Die Medien verfolgen ihren spektakulären Prozess wegen „Fahrlässiger Tötung." Sie kann sich vor Filmangeboten nach ihrer Haftentlassung kaum retten und wird ordentlich Geld verdienen. Dagegen wirkt, wenn ich meine Strafe abgesessen habe, mein zu erwartende „Honorar" aus Willems Lebensversicherung von insgesamt hundertfünfzigtausend Euro wie ein Almosen.

22. Am Ende kommt es anders

Im Leben gibt es zwei Tragödien. Die eine ist die Nichterfüllung eines Herzenswunsches, die andere seine Erfüllung. Das ist nicht von mir, sondern von Bernhard Shaw. Ich bin Lena Dirks, fünfunddreißig Jahre und Pfarrerin der evangelischen Christuskirche in Radolfzell. Umgangssprachlich nennt man mich hier eine 'Häflerin', was aussagt, dass ich aus Friedrichshafen am Bodensee stamme. Ich lese gerne Krimis, schwärme für Beethoven und Bach, die Beatles und die krauselige Stimme von Eros Ramazotti. Mit Vorliebe esse ich Spaghetti in allen Variationen. Davon hält mich selbst meine vollschlanke Figur nicht ab. Eher hadere ich mit meinem runden Gesicht. Es ist kein Hingucker, doch apart, und das unterstreichen die goldbraunen, schulterlangen Locken. Das Schönste an mir sind die Augen, groß und rehbraun. Man sagt, so wie ich sei, stelle man sich eine Pfarrerin vor. Aber ich habe keinen Heiligenschein, sondern bin eine Frau mit normalen Wünschen und Sehnsüchten und stehe dem weltlichen Sündenfall offen gegenüber, jedenfalls dem in Büchern. Dass die Mächte der Finsternis, das Böse in Reinform mich eines Tages persönlich tangieren, daran hätte ich im Traum nicht gedacht.

In mir schlummern gleich zwei Herzenswünsche. Aber wie heißt es e*rstens kommt es anders, zweitens als man denkt.* So war's zu allem Überfluss bei mir.

Mein erster Herzenswunsch: Ich wollte endlich heiraten. Mir war mittlerweile fast egal, wen.

Am heutigen Tag bin ich seit zwei Monate mit Klaus im Eheleben. Ich habe ihn im Verlauf seines Urlaubs in Radolfzell im frühherbstlichen Sonnenschein kennengelernt. Er setzte sich zu mir an den Tisch im Eiscafés Tiramisu, in den Händen ein Reisemagazin über den Bodensee. Klaus war eine Wohltat fürs Auge. Nie hätte ich es für möglich gehalten, ihn einmal »meinen Mann« zu nennen.

„Sind Sie eine Einheimische?", fragte er mich. Ich nickte mit klopfendem Herzen. Geschwind hat er in seinem Magazin die Seiten aufgeschlagen, zwischen denen sein Daumen steckte, auf den Text gesehen und lapidar gemeint: „Also, dann sind Sie, wie hier steht, 'eine alemannische Type, die witzelt und mault über die am anderen Ufer'". Ein verschmitztes Blinzeln, ehe er fortfuhr. „Jemand, der auf den ersten Blick häufig mürrisch wirkt, im Umgang etwas kantig, gar störrisch", er sah auf und seine blauen Augen blitzten mich spitzbübisch an. „Stimmt das tatsächlich so?"

Originelle Anmache. Ich war überwältigt, schüttelte den Kopf und antwortete mit gespieltem Ernst: „Wir sind eher bedächtig, nicht etwa langsam, sondern gelassen." Etwas, das ich in Anbetracht des ersten Herzenswunsches keines Wegs war. Im Gegenteil, ich hatte Torschlusspanik.

Durch meine warme, herzliche Art schaffte ich es, dass er mich bald aus seiner westfälischen Kleinstadt jedes Wochenende besuchte. Als ich nach einiger Zeit auf eine mögliche Hochzeit anspielte, fand ich zwei Tage später im Briefkasten Post von ihm. Jetzt hat er dich verlassen, war der erste Gedanke. Zögerlich öffnete ich den Umschlag. Zum Vorschein kam eine Ansichtskarte mit dem Bild einer zartweißen Orchidee vor blutrotem Hintergrund. Ein Schriftzug sagte: „Lerne warten, denn entweder ändern sich die Dinge oder dein Herz". Auf der Rückseite stand in seiner schwungvollen Handschrift: „Mit ansteigenden Gefühlen für dich, Klaus." Vor Rührung flossen mir die Tränen. Geändert haben sich die Dinge.

Wir heirateten, nachdem meine Erbtante völlig ohne Gottes Vorwarnung davon schied und mir neben Haus, Hof und beträchtlichen Gütern im Hinterland ein erhebliches finanzielles Portal hinterlassen hatte. Bereitwillig zog er zu mir an den See. Die Wohnung gegenüber der Kirche war geräumig genug für uns zwei. Klaus hätte gern die schmucke Villa auf der Mettnau vorgezogen, aber wie das manchmal ist im Leben, habe ich mich aus dem Bauch heraus dazu nicht überreden lassen.

Ich bin mit vollem Herzen Pfarrerin und überdies eine überaus wohlhabende. Wenn mir das in den Sinn kommt, schmunzle ich. Es vermittelt mir ein freies Gefühl, und dieses lässt mich ertragen, dass Klaus im Grunde genommen ein kleiner Hallodri ist. Er liebt das unbeschwerte Leben und ich biete es ihm. Dafür ist er ein liebenswürdiger Hallodri, fürsorglich und zärtlich und hin und wieder leidenschaftlich. Wie eben erst. Ich liege außer Atem neben ihm, halte seine Hand und denke an meinen zweiten Herzenswunsch. Ich möchte so schnell wie möglich ein Baby.

Als der Wecker auf dem Nachttisch schrillt, zucke ich zusammen, obwohl ich wach bin. Klaus muckst sich nicht. Er bleibt liegen aber ich muss raus. Um acht Uhr habe ich ein informatives Gespräch im Pfarrhaus an der Kirche.

Vor der Haustür halte ich einen Moment inne und atme tief durch. Mit einer gewissen Verwunderung registriere ich den Karton auf der Bank neben der Laterne nah des Hauseinganges. Enthält er etwa eine Bombe? Du liest zu viele Kriminalgeschichten. Aber dann trifft es mich wie eine Bombe. In der ersten Sekunde zweifele ich an meiner Wahrnehmung. Wie angewurzelt verharre ich auf der Stelle und lausche. Ich höre ein Baby wimmern. Es kommt aus Richtung Karton. Trotzdem sehe ich mich um und halte vergebens Ausschau nach einer Mutter mit einem Kinderwagen. Im nächsten Augenblick beuge ich mich über den Karton. Ein Säugling in einer blauen Decke gewickelt schaut mich an. Mir wird flau. Wie betäubt starre ich zum Himmel und flüstere. „Lieber Gott, ich wollte zwar so schnell wie möglich ein Baby, aber doch nicht so, nicht auf diese Weise." Mein Herz klopft bis zum Hals. Polizei, durchfährt es mich, gleich gegenüber, Gott sei Dank. Ich lasse alles, wie es ist und renne über die Straße zum backsteinroten Gebäude der Landespolizei.

Als ich nach der Aufregung zurück in die Wohnung komme, schläft Klaus noch. Ich schüttele ihn, bemerke einen bis dahin nie festgestellten Ärger in mir hochkriechen. Er bewegt sich. Ich herrsche ihn an. Nicht nur der Tonfall meiner Stimme scheint ihn endlich zu alarmieren. Er hasst es, wenn ich in meine Mundart verfalle. Das passiert mir meist, wenn ich über die Maaßen aufgeregt bin. Unvermittelt sitzt er senkrecht im Bett und schaut mich verschlafen an.

„Brennt's irgendwo?!"

„Jo", schreie ich. Ich meine „ja" und erzähle.

Klaus hebt in eindeutiger Miene beschwichtigend seine Hände. Bitte, Lena, das Ganze einmal auf Deutsch."

„Irgendjemand hat einfach in einem Karton einen Säugling vor meiner Kirchentür ausgesetzt."

Er starrt mich ungläubig an. „Das ist ein Ding. Ist denn wenigstens eine Nachricht dabei?"

Ich schüttele den Kopf und sehe wieder im Geiste vor mir, wie ich den Karton durchsuche. Selbst die Polizei hat nichts gefunden. „In welcher Not muss die Mutter gewesen sein? Trotzdem ...", würg ich auf Hochdeutsch gegen den Kloß im Hals an, „ich meine, so was kann man doch nicht machen."

Klaus umarmt mich rührend. Das war das Gute daran, verheiratet zu sein. Man hat immer jemanden, der einem Trost spendet.

„Schatz", er küsst mich, „mach uns einen Kaffee, einen starken."

Ich suche die Küche auf, fülle die Kaffeemaschine und komme erstmals dazu, nachzudenken. Die Mutter hat vermutlich den Karton im Morgengrauen abgestellt und extra eine Kirche ausgewählt mit dem Gedanken, das Kind würde rasch in sichere Obhut gelangen. Womöglich hat sie gar bei der Wahl die gegenüberliegende Polizei berücksichtigt. Oh Himmel über mir, ich befinde mich mitten in einem Kriminalfall. Wie tief sollte ich bald erfahren.

Zwei Tage später, am Sonntagmorgen nach dem Gottesdienst, fällt sie mir zum ersten Mal auf. Ein fremdes Gesicht unter den Gläubigen, was durchaus des Öfteren vorkommt, da auch Touristen die Kirche besuchen und teilnehmen. Vorgebeugt sitzt sie im Kirchhof auf der roten Bank genau auf dem Fleck, wo der Karton mit dem ausgesetzten Baby stand. Ich befinde mich im Kreis einiger Gemeindemitglieder. Sie scheint mich zu beobachten. Es ist Sommer, doch sie ist blass. Ihr Gesicht wirkt abgespannt und übernächtigt. Für einen flüchtigen Augenblick erkenne ich die Schönheit darin. Die langen braunen Haare fallen ihr zu einem Zopf geflochten seitlich über die Schulter. Schon bald sehe ich nicht mehr hin und vergesse sie.

Am dritten Wochenende im Juli wird gefeiert. In der Stadt, am und auf dem Wasser. Die Radolfzeller veranstalten ihr Hausherrenfest und huldigten ihren Stadtpatronen. Klaus und ich stehen am Marktplatz, um uns die Prozession anzuschauen. Unvermittelt, durch eine Lücke in den Reihen, hält ihr Blick mich gefangen. Träume ich? Ehe ich Klaus auf sie aufmerksam machen kann, ist sie in der Menge verschwunden. Von nun an beschäftigt sie mich. Etwas stimmt mit ihr nicht. Eine heiße Welle schießt in mir hoch. Ich denke daran, wie sie auf der roten Bank im Kirchenhof gesessen hat. Säugling, junge Frau, blass, unglücklich, assoziierte ich. Ein ungeheurer Gedanke nistet sich in meinem Kopf ein. Ist sie die Mutter des ausgesetzten Babys? Zieht es sie zurück an den Ort ihres Verbrechens. Sucht sie Kontakt mit mir? Suchst sie nach ihrem Kind? Hat sie aus der Zeitung erfahren, dass ich die Finderin bin. Hat sie nicht sogar Ähnlichkeit mit dem Baby? Jetzt gehen die Pferde mit mir durch.

Am Dienstagabend erblicke ich sie vor dem Fenster der Wohnung. Kein Zufall. Ohne zu überlegen, schnappe ich mir die Schlüssel und renne die Treppe herunter. Draußen sehe ich sie in einem alten Ford Fiesta davonfahren. Bin ich froh, dass mein Wagen nicht in der Garage steht und der Autoschlüssel am Bund steckt. In gebührendem Abstand folge ich ihr, fest entschlossen, Verbindung aufzunehmen. Oder sollte ich doch lieber die Polizei hinzu ziehen?, zweifele ich in der nächsten Sekunde. Sie könnten die Frau überprüfen. Nein. Ich muss selbst das Geheimnis herausfinden. Meine Wangen beginnen zu glühen über die heroische Entscheidung. Eine Folgenschwere, wie sich bald herausstellt.

Tagsüber hat es mit Unterbrechungen geregnet. Im Augenblick bedecken dunkle, fast schwarze Gewitterwolken den Himmel. Ich schalte die Scheinwerfer ein. Wie ein Magnet ziehen mich die Rücklichter ihres Wagens hinter sich her. Wohnt sie etwa hier in der edlen Gegend auf der Mettnau oder arbeitet sie in eine der Kurkliniken? Hier in der endlos langen, bei dem unseligen Wetter kaum befahrenen Strand-badstraße kann sie mir nicht entwischen. Schon setzt ihr rechter Blinker sein Signal. Nach wenigen Minuten passiere ich hinter ihr die Schranke auf den ebenfalls witterungsbedingt leeren Parkplatz des Mettnau-Restaurants. Und hier besinne ich mich. Was sollte ich zu ihr sagen? Etwa, sind Sie die Mutter, die ihr Kind ausgesetzt hat? Möchten Sie mit mir darüber reden? Ihr Gewissen erleichtern? Unschlüssig lasse ich sie davonziehen, hadere mit mir, verweile hinter dem Steuer, starre auf den Ford Fiesta und frage mich, ob ich anfange zu spinnen. In dem Moment schiebt sich ein junger Mann in mein Blickfeld und steigt in den Ford. Wie ein Wiesel springe ich aus dem Fahrzeug und hechte die paar Meter zu ihm herüber. Das Startgeräusch erlöscht als ich heftig an das Seitenfenster klopfe. Er kurbelt es herunter, sieht mich fragend an.

„Eben ist eine braunhaarige junge Frau aus diesem Wagen gestiegen", platze ich los.

„Und, ist das ein Verbrechen?", fragt er trocken, ohne eine Miene zu verziehen.

„Kennen Sie die Dame?

Er schaut mich prüfend an, wer da vor ihm steht. Ich scheine ihm vertrauenserweckend. „Ja-ha, wieso?"

„Arbeitet sie im Strandcafe?"

Er nickt. „Aushilfskellnerin - und sie hat einen Schlüssel zu dem Wagen. Sonst noch etwas?"

„Ich habe versucht, sie ..."

Er unterbrach mich.

„Sie ist noch neu hier und ein bisschen durch den Wind", erklärt er und zwinkert mir zu.

„Eine Frage noch. Wir lange arbeitet sie schon hier?"

„Ungefähr ne Woche, und jetzt muss ich aber wirklich..."

Das passt. Zu der Zeit wurde das Baby ausgesetzt. Ich folge dem blauen Wegweiser *Strandcafe*. In Zwiesprache mit Gott, er möge mich das Richtige tun lassen, denn ich sehe mein Handeln als seinen Auftrag an. Seelisch bereite ich mich darauf vor, gleich demonstrativ im *Strandcafé* Platz zu nehmen, um ihr zu zeigen, dass ich offen für sie bin. Ich rolle die Augen gen Horizont mit der Bitte, meinem angepeilten Objekt das mitzuteilen.

Die hell erleuchtete Glasfront zeigt nur vereinzelte Gäste. Am Geländer der Ufermauer blicke ich auf den See. Der Himmel bildete mit dem Wasser eine bedrohliche Einheit. Durch die im Frühjahr einsetzende Schneeschmelze und der im April und Mai langanhaltenden und massiven Regenfälle ist der

Wasserstand des Sees recht hoch. Von den Betonpfeilern der Restaurant-Terrassen, die sonst um diese Jahreszeit immer nackt und unansehnlich aus dem seichten Wasser ragen, ist jetzt oberhalb des Wasserspiegels nur grad etwa ein halber Meter sichtbar. Aus einem Impuls heraus schaue ich nach links und entdecke sie mit glühender Zigarette etwas weiter auf der Bank zwischen den Bäumen. Hat sie mich bemerkt?, denn nach einigen hastigen Zügen steht sie auf, nimmt die zwei Schritte bis zum Geländer der Ufermauer, holt aus und beförderte mit emotionsgeladener Geste die Kippe im hohen Bogen ins Wasser. Sie scheint wütend zu sein, dreht sie sich um und verharrt augenblicklich auf der Stelle. Nervös spielen meine Finger mit dem Schlüsselbund. Ich bin höchst angespannt, alle Sinne sensibilisiert, dennoch spüre ich die Anzeichen für ihre bevorstehende Gewalttätigkeit nicht.

„Wieso verfolgen Sie mich!", schreit sie mir nach einer Schrecksekunde entgegen. Ihre Wut mischt sich in ihre Stimme. Verblüfft öffne ich den Mund, um etwas zu sagen, presse jedoch sofort die Lippen wieder zusammen. Mit unartikulierten Lauten stürzt sie sich auf mich und reißt wild an meinen Haaren. In einem schrillen, jämmerlichen Ton heult sie los. „Du hinterhältige Gottesfrau! Ich könnte dich umbringen!"

Nahtlos ist sie zum *Du* übergegangen. Ein Feuerwerk der Beschimpfungen setzt ein. Ihre Fäuste schlagen mir abwechselnd zwischen meinen fuchtelnden Armen ins Gesicht. Wut steigt in mir auf. Im Schnelltempo bitte ich meinen Chef da oben, mir das jetzt nachzusehen, hole aus und erwische sie mit dem Schlüsselbund in der Hand an der Stirn. Sie torkelt. Ich verharre in Abwehrhaltung, sehe, wie sie hinfällt, nutze ohne nachzusinnen die Gunst des Augenblicks und renne, soweit es meine Pfunde erlauben, den schmalen Weg zurück. Die scheint nicht normal zu sein.

Erst auf dem Parkplatz halte ich außer Atem inne und schnappe nach Luft. Wieso könnte sie mich umbringen? Was habe ich ihr denn getan? „Lieber Gott" keuche ich, „was sollte das jetzt alles?" Ich höre seine Stimme in mir: „Geh zurück und sehe nach ihr." Im Leben nicht. Doch, er hat recht. Sie ist verletzt. Kalter Wind bläst mir ins Gesicht. Regen setzt ein. Ich fröstele trotz des Spurtes, mache aber auf dem Absatz kehrt und folge Gottes Worte.

Am Ort des Geschehens starre ich auf den Boden, wo sie vor kurzem lag. Nun ja, denke ich, dann ist es nicht so schlimm gewesen. Schnurstracks laufe ich zum Auto. Aufgelöst erreiche ich bald darauf meine Wohnung und bin froh, sie leer anzutreffen. Auch später erzähle ich Klaus aus einem Schamgefühl heraus nichts von dem Detektivspiel.

Tags darauf fahre ich auf meinen Vorschlag hin mit einer kleinen Gruppe Senioren zum Kaffeekränzchen ins *Strandcafé*. Das Wetter hat sich beruhigt, die Luft ist warm und schmeckt nach Sommer. Wir schieben auf der Terrasse zwei Tische zusammen mit direktem Blick auf das Wasser. Ich bin angespannt. Ob sie in Ordnung ist? Aber ich werde enttäuscht. Sie kellnert heut nicht, stattdessen sehe ich den jungen Mann aus dem Ford Fiesta. Er kommt zu mir.

„Haben Sie Bettina gestern noch angetroffen?"

Bettina heißt sie. Ich schüttele den Kopf. Sein Gesicht nimmt einen leicht erbosten Ausdruck an. „Sie ist gestern einfach nicht zum Dienst erschienen. Das kostet sie den Job." Bedauernd zuckt er mit den Schultern und fragt übergangslos nach unseren Wünschen.

Kurz darauf schiebe ich mir ein Stück Käsesahnekuchen in den Mund. Mitten in meinen kauenden Bewegungen halte ich inne und verharre in der zubeißenden Stellung. Neben mir die alte Dame Margret scheint ebenfalls regungslos. Mit rasendem Herzschlag starre ich auf das, was da langsam unter dem Terrassenboden hinweg in den See hervor schwemmt. Haare, wie eine dunkelbraune Wolke, und so wie ich weiß, dass es morgen wieder Tag wird, weiß ich, dass es die Haare der gestern nicht zum Dienst erschienenen Bettina sind. Hat sie sich aus Verzweiflung das Leben genommen? Allmählich wird ihr ganzer Körper sichtbar. Er treibt bäuchlings mit ausgebreiteten Armen und Beinen im Wasser. Seniorin Margret schreit wie am Spieß und teilt lauthals mit, „da schwimmt eine Leiche im See!" Mein erster Impuls ist, mit den Senioren das Café zu verlassen, aber ich sitze wie festgewachsen auf dem Stuhl. Die Gäste strömen ans Geländer und schauen wie gebannt ins Wasser. Der Kellner eilt herbei, wirft einen Blick auf den schwimmenden Leichnam und stürzt zurück ins Restaurant.

In absehbarer Zeit trifft die örtliche Polizei ein, bald darauf die Feuerwehr. Die Leiche wird angelandet, abgedeckt und bewacht, bis nach fünfundvierzig Minuten die Kripo samt Spurensicherung aus dem etwa zwanzig Kilometer entfernten Konstanz eintrifft. Binnen kurzem scheint klar, dass die Frau sich weder ertränkt, noch einem Unfall erlegen ist, sondern einen gewaltsamen Tod erlitten hat.

Zuerst wird das Personal befragt, durch das die Ermittler ihre Identität erfahren. Ich sehe, wie der junge Kellner aus dem Ford Fiesta in der Befragung mit einer Handbewegung zu mir hinzeigt.

„Rudolf Seeger, Kriminalhauptkommissar", stellt sich mir der hochgewachsene Mann mit einem ernsten Blick aus warmen blauen Augen vor. Ich begleite ihn unter den verwirrt

dreinblickenden Gesichtern meiner Senioren in ein Neben-
zimmer des *Strandcafés* und sage aus. Er verspricht mir, sich
um die Heimfahrt der alten Leute zu kümmern. Ich werde aufs
Präsidium gefahren. Auf dem Weg fragt mich der Beamte.

„Sie kannten die Tote? Richtig.

Ich verneine.

Aber Sie haben gestern versucht, sie zu treffen, zu erreichen, sich nach ihr erkundigt."

Ich sage nichts darauf. Vor meinen Augen flirren die
Schlagzeilen:

„Pfarrerin wegen Mordverdacht in U-Haft."

Und da komme ich auf Haftrichterbeschluss hin. Klaus besucht mich in der JVA Konstanz und hat gleich die Unterlagen
zur Bankvollmacht dabei. Er umarmt mich und verkündet inbrünstig: „Alles wird gut, Lena." Ich schluchze dankbar auf.

In den folgenden Vernehmungen erfahre ich, dass die Tote
von der Stelle unserer Auseinandersetzung in den See beför-
dert wurde. Unterhalb des Cafés zunächst an einem der Pfeiler
hängen geblieben ist, bis sie hervortrieb. Beharrlich und emo-
tionslos bleibe ich bei meiner Aussage, nichts mit dem Tod der
Frau zu tun zu haben. Rudolf Seeger wird nachdenklich. Am
vierten Tag sagt er:

„Frau Dirks, laut Ihrer Aussage glauben Sie, die Tote sei womöglich die Mutter des ausgesetzten Säuglings, meinen, ihr schlechtes Gewissen hat sie in Ihre Nähe getrieben, um sich reuevoll Ihnen anzuvertrauen, da sie eine Gottesvertreterin sind.“

Ich nickte nur, geredet habe ich genug.

„Nur in einem Punkt liegen sie richtig, Frau Dirks“, fährt er fort und lächelt, „nämlich, dass sie tatsächlich die Mutter des ausgesetzten Babys ist - oder war.“

Das tröstet mich jetzt nicht mehr.

»Gleich nach der Entlassung aus dem Krankenhaus“, klärt er mich weiter auf, „hat sie sich mit dem Baby auf den Weg hierher gemacht.“

Ich ziehe hörbar die Luft ein.

„Aber“, betont er, „mit dem schlechten Gewissen und der Reue scheinen Sie falsch zu liegen. In dem Fall hätte Bettina Sandmann Sie wohl nicht angegriffen.“

Seeger führt mich in einen Nebenraum und zeigt stumm auf den Tisch.

„Das sind die wenigen persönlichen Sachen der Ermordeten. Wir haben sie in ihrem Pensionszimmer sichergestellt. Es ist nur eine intuitive Idee von mir, aber werfen Sie mal einen

Blick darauf", fordert er mich auf. Worauf will er hinaus? Es ist mir ehrlich gesagt egal. Ich bin der Vernehmungen müde und fühle mich von Gott im Stich gelassen. Teilnahmslos schaue ich mir die Gegenstände an, bis sich meine Augen an einem festbeißen. Wie kommt denn die Orchideenkarte von meiner Pinnwand hierher? Gleich darauf legt sich ein eisiger Reif um meine Brust. Ist das tatsächlich meine Karte? Ahnungsvoll strecke ich die Hand aus und nehme sie an mich. Hauptkommissar Seeger schaut aufmerksam zu. Ich versuche, die aufkommende Erregung in Schach zu halten, bis sich mit einem Blick auf die Rückseite eine Ahnung bewahrheitet.

Wir brechen sofort auf. Mein Herz ein Eisenklumpen, meine Welt ein Trümmerfeld. Ich will das Wahrscheinliche nicht wahrhaben. Äußerlich scheine ich gefasst. Ich schließe die Tür zur Wohnung auf. Hinter mir Kriminalbeamter Rudolf Seeger und sein Assistent. Sogleich rieche ich das Parfüm, höre meinen liebenswerten Hallodri lachen und sie kichern. Geladen reiße ich die Wohnzimmertür auf. Die Frau springt barbusig vom Sofa und drückt erschrocken ihre Bluse über ihre Blöße. Klaus bleibt das Lachen im Hals stecken. Er stiert uns drei an wie Marsmenschen, ehe er sich zögernd aufrichtet. Rudolf Seeger hält seinen Dienstausweis in den Raum und wendet sich mir zu.

„Bitte Frau Dirks."

Meine Hand schnellt hinter dem Rücken hervor und hält ihm die Orchideenkarte vor die Nase. „Die hast du wohl gern verschenkt, nicht wahr!?", schreie ich meinen Mann an. Wie benommen sieht er eine Weile darauf. Seine Gesichtsfarbe wechselt in einen besorgniserregenden Grauton.

„Ich habe sie im Laufe der Jahre an mehrere Frauen verschickt", bemerkt er leise.

„Aber diese Frau hier", Kommissar Seeger zeigte auf die Karte, „wurde ermordet."

Schweigen.

„Erzählen Sie, Herr Dirks, wir sind gespannt."

Klaus schaut in unsere Gesichter, als wolle er ablesen, wie seine Chancen stehen. Meines ist eingefroren. Aber auch die beiden anderen vermitteln ihm keine Hoffnung. Er lässt sich mit der Karte in den Händen zurück aufs Sofa fallen.

»Ich wollte sie nicht töten. Es war ein Unfall."

„Hmmm", kommentiert Rudolf Seeger.

„Wir hatten uns an dem Tag verabredet." Klaus wechselt in einen vor Selbstmitleid triefenden Ton, „aber ich steckte im Stau. Zum *Strandcafé* war es von dort näher als zu unserem Treffpunkt, so wartete ich da auf sie."

„Mit der Absicht, sie zu töten", initiierte Seeger.

Klaus spring auf. „Nein, nein, ich wollte mit ihr reden! Ich sah sie kommen, aber ich sah auch meine Frau und versteckte mich irritiert hinter einen Baum."

„Was dann geschehen ist, wissen wir", wirft Seeger ein, „nur, warum haben Sie nicht eingegriffen, sich dazwischen gestellt, um eine Eskalation der beiden Streitenden zu verhindern?"

Klaus fällt auf Sofa zurück.

„Ich, ich war völlig perplex." Er schickt mir einen gequälten Blick. „Ich dachte, was macht meine Frau hier?", stöhnt er leise auf und zuckt mit den Schultern und erläutert resigniert. „Ehrlich gesagt, ich weiß nicht, warum ich nicht ..." Er bricht ab. Mit einer Handbewegung wischt er den Rest des Satzes beiseite.

Seeger räuspert sich. „Und weiter, was geschah dann?"

Klaus schaut auf die Karte, als würde er ihr die Schuld geben. „Ich sah meine Frau davonlaufen und Bettina am Boden liegen und eilte ihr zur Hilfe. Sie blutete an der Stirn, aber es war nicht tragisch. Sie hörte mir überhaupt nicht zu, war völlig aufgebracht. Mein Vorschlag hat sie gar nicht erreicht."

„Vorschlag?"

„Ich wollte ihr eine größere Summe anbieten, damit sie uns in Ruhe lässt."

„Also ist es Ihr Kind, Herr Dirks, das Bettina Sandmann ausgesetzt hat. Vor das Kirchenportal Ihrer Frau."

Klaus nickt schwerfällig. Mein Magen bäumt sich auf. Der Inhalt schwappt meiner Kehle entgegen. Ich erbreche auf den Teppichboden.

„Es war Ihnen also völlig egal", fragt Rudolf Seeger erstaunt, „was aus Ihrem Kind wird?"

Klaus atmete durch. „Nein, ja", stottert er, „ich, ich wollte es ihr überlassen. Mit dem Geld hätte sie alle Möglichkeiten gehabt."

„Hmmm", nickt Seeger. „Erzählen Sie weiter", drängt der Assistent, dessen Namen ich vergessen habe.

„Sie fing an, herum zu zetern und machte mich wütend. Es gab ein Gerangel, sie stürzte abermals und schlug unglücklicherweise mit dem Kopf auf einen Stein am Boden." Klaus breitete hilflos die Hände aus. „Sie, sie hat sich nicht mehr gerührt", jammert er.« Sie war tot und ich geriet in Panik. Deshalb habe ich sie unters Ufergeländer durch in den See ..." die letzten Worte verschluckt er.

Stille. Der Kommissar sieht mich an. Nur ich bemerke sein angedeutetes Nicken.

„Nein!«, schleudere ich meinem Mann entgegen. „Ich sage dir, wie es war!"

Klaus hebt überrascht seinen Blick.

„Völlig unerwartet bot sich dir die einmalige Gelegenheit, dich ihrer endgültig zu entledigen, denn die Spur würde unweigerlich zu mir führen. Mir der Mord angelastet werden. Der Stein lag zwar am Boden, aber du hast ihn aufgehoben und sie damit erschlagen, genauso, wie es mir in den Vernehmungen fortwährend unterstellt wurde."

Er sieht mich mit weit aufgerissenen Augen fassungslos an. Nach einer Pause, einen Atemzug lang, fragt Seeger mit tonloser Stimme: „War es so, Herr Dirks?"

Ein eigensinniges Schweigen. Klaus sitzt nur da und scheint in Lethargie versunken. Das zwingt mich zu einem verzweifelten Auflachen. „Ha! Zwei Fliegen mit einer Klappe, lästige Geliebte samt Kind los und das Vermögen der im Knast sitzenden Ehefrau kassiert."

„War es so?", forscht Seeger jetzt eindringlicher. Nach einer lähmenden Pause gesteht Klaus mit grabesschwerer Stimme: „Es war so."

Gottvater, denke ich beim Klicken der Handschellen, musstest du mir auf eine so harte Art meinen Fehler klarmachen? Mich lehren, in allen Lebensdingen geduldig zu sein? „Ja Lena", vernehme ich seine Worte in mir, „der Schlüssel zu allem ist Geduld."

„Nie wieder", versprach ich stumm, würde ich unbedingt verheiratet sein wollen, aber gerne für das Baby die Patenschaft übernehmen und für es sorgen.

Antwort Ratekrimi: Mit Fäustlingen an den Händen konnte er den Abzug des Revolvers nicht betätigen.

Demnächst bei BoD weitere Bücher

von Mona Misko:

DIE ZWEITE FRAU DES ARZTES

Contoli-Heinzgen-Krimi
Erstverlegung 2002 Scherz Verlag
Sonderausgabe des Titels Editionnova Verlag 2010

Psychologische Spannung pur!
Tötete sie ihren Mann in geistiger Umnachtung oder war es Vorsatz? Eva Seitz behauptet, sie könne sich an nichts mehr erinnern. Der Psychologe Dr. Wolf Heinzgen soll der Sache auf den Grund gehen. Mit seiner Frau Anke, die als Journalistin eine heiße Story wittert, stößt er auf schreckliche Ereignisse in der Vergangenheit der Patientin. Doch diese flieht aus dem Krankenhaus ...

DIE BABYSAMMLERIN

Contoli-Heinzgen-Krimi (vormals »Kindsblut«
Erstverlegung Gmeiner-Verlag 2005

Die Journalistin Anke Contoli bekommt anonym drei rote Kladden zugeschickt, die über das Leben in einer satanistischen Sekte berichten. Kurz darauf werden vier Babys entführt. Bei ihren Recherchen stößt Anke auf eine satanische Sekte in Berlin. Welche Rolle spielt hierbei die schwangere Cara, die offensichtlich Verbindungen zu satanistischen Kulten hat? Und vor wem ist sie auf der Flucht? Da Anke hinter den Ereignissen eine große Story wittert, verfolgt sie die Hinweise unbeirrt weiter und bringt nicht nur sich selbst in Lebensgefahr …

WINZERTOCHTER

Contoli-Heinzgen-Krimi.

Weinkrimi aus dem Ahrtal.

Erstverlegung Gmeiner Verlag 2005. 2. Auflage 2006

Die Journalistin Anke Contoli wird in ihrem Urlaub im Ahrtal Zeuge eines merkwürdigen Vorfalls. Eine junge Frau wirft einen Mann zu Boden, ohne ihn zu berühren. Anke nimmt nach ersten Recherchen an, womöglich auf einen Menschen mit psychokinetischer Veranlagung gestoßen zu sein. Bei der geheimnisvollen Frau handelt es sich um die Winzertochter Leonie. Der Angreifer ihr Vater Herbert Rosskamp. Als dieser wenig später ermordet in den Weinbergen gefunden wird, wittert Anke eine Story von großer Sprengkraft. Derweil die Polizei im Dunkeln tappt, begibt sie sich ebenfalls auf die Suche nach dem Mörder. Sie bringt ein gleichwohl pikantes wie erschütterndes Geheimnis an den Tag.

TOD IN DER KALURABUCHT
Erstverlegung Sutton-Verlag 2012
Ein Sizilienkrimi
Lernen Sie Sizilien und seine Menschen auf eine
spannende Art kennen.

Mord im Urlaubsparadies
Commissario Alessia Cappeletti, just aus Rom in die
Questura des beliebten sizilianischen Ferienortes Cefalù versetzt, wird an ihrem ersten Arbeitstag unsanft aus dem Schlaf
gerissen: Eine junge Deutsche liegt ermordet auf der Badeter-
rasse des Hotels Kalura. Ein gefundenes Fressen für die Presse,
und das am Vorabend des Fests Santissimo Salvatore, an dem
Cefalù aus allen Nähten platzt. Doch Spuren bleiben zunächst
Mangelware, die Aussagen der Hotelgäste widersprechen sich
und die Tote hatte so viele Verehrer, dass quasi stündlich neue
Verdächtige hinzukommen. Mit ihrem sizilianischen Kollegen
dringt Alessia immer tiefer in den Fall ein und merkt schon an
ihrem ersten Tag, dass Sizilien nicht Italien ist.